LE LIVRE BLANC

JEAN COCTEAU

Le Livre blanc

et autres textes

PRÉFACE DE DOMINIQUE FERNANDEZ

CHOIX DES TEXTES ET PRÉSENTATION PAR BERNARD BENECH

LE LIVRE DE POCHE
PASSAGE DU MARAIS

Nous remercions Mme Fanfan Berger de la galerie Anne Julien qui nous a aimablement autorisés à reproduire la plupart des dessins de cet ouvrage.

PRÉFACE

LE SEXE SURNATUREL DE LA BEAUTÉ

Blanc. Non signé. Publié sans nom d'auteur. 1928, c'est encore une année d'hétérosexualité triomphante. Quelles nouveautés offrent les librairies européennes ? *Nadja*, d'André Breton ; *L'Amant de lady Chatterley*, de D.H. Lawrence ; *Les Conquérants*, d'André Malraux ; *Le Don paisible*, de Mikhaïl Cholokhov. Triomphante, et triomphaliste. En fait d'amour, on ne reconnaît que celui qui entraîne l'homme vers la femme. Claudel, au nom du credo catholique, se déchaîne contre Gide. Les communistes, faisant chorus, pourfendent les hérétiques du sexe. Henri Barbusse, écrivain officiel du Parti, répond ainsi à une enquête de 1926, lancée par la revue *Les Marges*, sur « l'homosexualité en littérature » : « *J'estime que cette perversion d'un instinct naturel est un indice de la profonde décadence sociale et morale d'une certaine partie de la société actuelle.* » Les surréalistes eux-mêmes, ces soi-disant libérateurs, renchérissent en sottise. Par la bouche de leur grand prêtre, ils claironnent une gynolâtrie militante. « *J'accuse les pédérastes de proposer à la tolérance humaine un déficit moral et mental qui tend à s'ériger en système et à paralyser toutes les entreprises que je respecte.* » (André Breton, *La Révolution surréaliste*, 15 mars 1928.) René Crevel, le seul « pédéraste » du groupe (le contresens lexical est commun à l'époque), se suicidera quelques années plus tard, victime de l'obtuse arrogance du pontife.

Que faire, si décidément on ne veut pas, on ne peut pas se plier aux mœurs dominantes ? Raser les murs, s'écraser, ramper. En 1927, François Porché publie sur Wilde, Proust, Custine, Whitman et Gide un essai audacieux, qu'il intitule *L'Amour qui n'ose pas dire son nom*. Cocteau, décidé à l'appeler par son nom, paye cet aplomb en cachant le sien. Plume haute mais profil bas.

« *Sans nom d'auteur, à 20 exemplaires, ça n'excuse rien* », lui reproche Jacques Maritain, son ami chrétien et mentor spirituel, sous l'influence duquel il s'est (passagèrement) « converti », quelques années plus tôt. « *Si* Le Livre blanc *est ce qu'on m'en dit, en le publiant vous faites un pacte avec le diable, une main de feu vous tiendra au poignet et ne vous lâchera plus.* » À cette hargneuse mercuriale du philosophe réputé pour sa douceur et qualifié souvent d'angélique, on mesure les énormes risques qu'il y avait à traiter un sujet à ce point tabou. « *Un acte public d'adhésion au mal* », s'indigne Maritain. « *Souvenez-vous de Wilde et de sa déchéance jusqu'à la mort.* » On ne saurait être plus charitable. Anonymat et très faible diffusion ? Le scandale n'en sera pas moins patent. « *Dans deux ans vous publierez à 200 exemplaires, dans cinq ans à 10 000 et en édition populaire*[1]. » Il n'a pas fallu attendre cinq ans mais soixante-dix pour voir la prophétie réalisée. Cocteau est mort depuis longtemps, la rigidité des mœurs n'est plus qu'un pénible souvenir. Le texte garde pourtant une telle force, sous son mince volume, que sa publication en édition de poche n'est devenue possible qu'en cette toute fin de siècle.

*

Dès ses premières œuvres, Cocteau a cherché le moyen de tourner l'obstacle, de nommer l'innommable. En poète, il use de métaphores. L'imposture,

1. Jean Cocteau et Jacques Maritain, *Correspondance* (1923-1963), Gallimard, 1993.

dans *Thomas l'imposteur* (1923), histoire d'un jeune homme qui se fait passer pour un autre qu'il n'est. Le sommeil, dans les merveilleux poèmes de *Plain-Chant* (1923). La vie en contrebande, refuge et gloire de Paul et Élisabeth, les « enfants terribles » (1929). Il faut, pour survivre, mentir, dormir, n'exister qu'en marge, asociaux patentés. Un long poème de 1923, *La Rose de François*, se distingue par un trait en apparence purement stylistique, mais qui trahit le poète à son insu : l'inversion. On appelait « invertis », à l'époque, ceux qui sortaient de la voie commune. Paul, le héros des *Enfants terribles*, a été atteint, en pleine poitrine, d'une boule de neige lancée par l'élève Dargelos. Frappé si violemment qu'il a dû s'aliter, malade. Splendide métaphore du coup de foudre homosexuel, qui comporte toujours une part de blancheur, de neige, de chasteté.

Si Cocteau n'a parlé qu'une seule fois directement de son amour des garçons, s'il n'a jamais, de son vivant, signé ce *Livre blanc* (sans en désavouer la paternité, puisqu'il l'enrichissait de dessins dont la manière dénonçait l'auteur), c'est en partie à cause d'une répugnance de poète à traiter des choses sérieuses autrement que par allusions et symboles.

Car enfin, l'obscurantisme de l'époque n'explique-rait pas à lui seul un tel manque de courage. André Gide avait publié en 1911, et signé en 1924, *Corydon*, quitte à essuyer mainte injure, quitte à perdre certains de ses amis. Cocteau n'aimait guère Gide. Sans doute lui en voulait-il de montrer cette hardiesse dont lui-même était dépourvu, mais, dans sa réserve envers son aîné, entrait aussi une fondamentale différence de tempérament. « *Il voulait que les drames restassent sur la terre, relevassent de la police et d'une morale conventionnelle. Son jeu consistait à contrecarrer cette morale, mais jamais il ne s'est fait une morale propre à lui-même et uniquement réservée à son usage.* »

(*Gide vivant*, 1952, recueilli in *Poésie critique I*, Gallimard.)

« Contrecarrer cette morale » : excellent, ce jugement. Gide est un moraliste, un combattant, il attaque de front et paye de sa personne. Cocteau, un poète, un illusionniste, qui se réfugie, moins d'ailleurs dans une « morale », que dans une mythologie : Heurtebise, Orphée, les miroirs. Deux attitudes devant l'hostile réalité : ou essayer de la changer, ou la contourner par des pirouettes, s'en protéger par des masques. « *Sans doute, le vrai drame de Gide est de n'être pas poète. Il voulait être l'architecte et le visiteur de son labyrinthe. Il aimait y entraîner les jeunes et s'y perdre avec eux, mais il n'en quittait jamais le fil.* »

Le vrai drame de Cocteau, c'est de n'être pas moraliste, d'éluder au lieu d'entrer en lutte. *Le Livre blanc* est un texte léger, ludique, plus réussi littérairement que *Corydon*, mais bien moins efficace. *Corydon*, malgré la faiblesse de certains raisonnements et la mièvrerie de certains exemples, est resté un livre majeur dans l'histoire de la libération sexuelle. *Le Livre blanc*, scintillant de sortilèges, n'a eu aucune influence sur les mœurs.

*

Qu'en demeure-t-il ? D'admirables métaphores. J'en retiens trois, qui me semblent exprimer la quintessence poétique de l'homosexualité. « *Corps parfait, gréé de muscles comme un navire de cordages et dont les membres paraissent s'épanouir en étoile autour d'une toison où se soulève, alors que la femme est construite pour feindre, la seule chose qui ne sache pas mentir chez l'homme.* » Époque obscurantiste, ai-je dit, mais comme on lui est reconnaissant d'avoir obligé les écrivains à inventer des tournures, c'est-à-dire un style ! « La seule chose qui ne sache pas mentir chez l'homme », on la désigne tout crûment aujourd'hui, aussi platement que crûment.

« *Pas de chance ! Était-ce possible ?* (Cocteau vient de découvrir ces trois mots tatoués sur le torse d'un marin.) *Avec cette bouche, ces dents, ces yeux, ce ventre, ces épaules, ces muscles de fer, ces jambes-là ? Pas de chance avec cette fabuleuse petite plante marine, morte, fripée, échouée sur la mousse, qui se déride, se développe, se dresse et jette au loin sa sève dès qu'elle retrouve l'élément d'amour.* » Même remarque que plus haut : on pouvait, dans ces temps de misère et de censure, décrire avec minutie le mécanisme de l'acte physiologique, sans priver celui-ci de son mystère.

Enfin, Toulon. « *Il serait fastidieux de décrire cette charmante Sodome où le feu du ciel tombe sans frapper sous la forme d'un soleil câlin.* » Une des plus belles phrases, tout simplement, de la prose française.

Poésie, donc, mais dessinée d'un trait ferme, mais précise, mais aiguë. Aux antipodes de la mollesse alambiquée qui déconsidère si souvent le style dit « poétique ». Par exemple celui de Jean Desbordes. Ce jeune homme avait succédé à Radiguet dans les faveurs de Cocteau, lequel fit une préface enthousiaste, égarée par la passion, au livre de son amant et disciple. *J'adore* parut en 1928, chez Grasset, presque le même mois que *Le Livre blanc*. Sous le nom de son auteur : il n'y avait pas grand danger à publier ces élucubrations contournées, insignifiantes à force de tarabiscotages, où un mysticisme de pacotille jette des paillettes de strass sur une fade sensualité. Cocteau, lui, n'a jamais recours à ces facilités, à ces faux-fuyants : ses images sont tranchantes comme une lame de couteau, pures de ce flou, plus confortable qu'artistique, où se complaisent les truqueurs sans talent.

*

Toulon, les souvenirs du bagne et la mythologie des marins tissent un fil rouge qui raccroche Cocteau à Genet. *Escales*, un des premiers textes de Cocteau (1920), évoque la trouble excitation des ports. Anges et marins, ceux-ci n'étant que la variante musclée de ceux-là, ont gouverné d'emblée la fantaisie du poète. Cocteau fut un des premiers à lire le manuscrit de *Notre-Dame des Fleurs*, et c'est lui qui, ayant trouvé l'éditeur, lança le livre en 1943. Preuve certaine de courage (« *La bombe Genet*, écrit-il dans son journal. *Le livre est là, dans l'appartement, terrible, obscène, impubliable, inévitable* »), infirmée en 1955, après l'élection de Cocteau à l'Académie française. Le secrétaire perpétuel, ayant pris connaissance de son discours de réception, le pria de supprimer toute mention de Genet. Docile à l'injonction, l'impétrant fit les coupures demandées. Dans le même discours, il justifia sa candidature en évoquant, à mots très couverts, à quelle situation précaire sont condamnés ses semblables. « *C'est bien le désir d'un fantôme de participer au règne des vivants qui m'a poussé vers vous, un peu l'envie d'un "debout" pour une place assise et la soif d'un romanichel des roulottes pour un point fixe.* » Encore le goût et le talent des métaphores, mais on ne peut s'empêcher, ici, de penser que la prudence académique a dicté ces périphrases, plus que le dédain de ce qui n'est pas poésie.

De Genet, faut-il souligner tout ce qui sépare Cocteau ? Celui-ci s'est efforcé, sa vie durant, de s'adapter à la société de son temps, d'obtenir une « place assise », malgré l'incompatibilité de ses mœurs avec les préjugés ambiants. « *Vous connaissez, Messieurs, la famille à laquelle on ne peut ni se vanter ni se plaindre d'appartenir, car loin d'être un privilège, elle relève plutôt d'une fatalité que Verlaine baptise malédiction.* » Genet, lui, se vante d'appartenir à cette famille, il revendique haut et fort la gloire d'être en marge du grand nombre et en dehors de la loi. L'homosexualité n'est pas pour lui un handicap, un frein à l'ascension sociale, mais un trésor, une chance sans prix, un privilège sans égal, et il n'écrit pas pour la rendre acceptable, il la brandit au contraire comme une arme de guerre, au même titre que le vol et la trahison. Criminel il s'est choisi, criminel il entend demeurer. L'idée d'être intégré dans le corps mou des honnêtes gens lui fait horreur. Cette idée a été le rêve permanent de Cocteau, couronné par le fauteuil sous la Coupole.

Certes, les derniers mots, si fiers, du *Livre blanc*, pourraient être de Genet, quinze ans avant Genet, si on les interprétait de travers. « *Je n'accepte pas qu'on me tolère.* » Les deux hommes, en réalité, rejettent la tolérance pour des motifs radicalement opposés. Genet la récuse par volonté de rester paria. La tolérance le priverait de sa charge vitale, de ses raisons d'être. Il mourrait, de devenir comme tout le monde. Cocteau, au contraire, aspire à l'assimilation complète. La tolérance ne lui va pas, car elle lui paraît insuffisante, allant toujours de haut en bas, avec quelque chose de condescendant, qui le blesse, qui le heurte. Il exige, non pas d'être reçu en surnombre, par une grâce spéciale, mais d'être reconnu comme un citoyen à part entière. Ce qu'il ambitionne, c'est de se fondre dans la majorité, quitte à tricher un peu avec son honneur de poète, à briguer les lauriers officiels, la bénédiction académique. Contrition de l'accusé, qui demande à être déclaré innocent.

*

D'où Cocteau reçut-il les premières atteintes de la beauté virile ? *Le Livre blanc* commence par un triple souvenir de jeunes garçons nus ou à la « bosse » tentatrice. Puis apparut, au lycée Condorcet, Pierre Dargelos. Dargelos, l'élève mythique, pourvu « *d'un grand prestige à cause d'une virilité très au-dessus de son âge* », le météore qui traverse en éclair *Les Enfants terribles* et les illumine de sa sombre beauté assassine, l'astre noir qui réapparaît à la fin d'*Opium* :

> *Ce coup de poing en marbre était boule de neige,*
> *Et cela lui étoila le cœur...*

> *Ainsi partent souvent du collège*
> *Ces coups de poing faisant cracher le sang*
> *Ces coups de poing durs des boules de neige,*
> *Que donne la beauté vite au cœur en passant.*

Dargelos, c'est aussi le « cancre » ressuscité, en 1935, dans le chapitre VIII de *Portraits-souvenir*. Cocteau le présente comme un « élève nul », la beauté à l'état brut, « *de cette beauté d'animal, d'arbre ou de fleuve, de cette beauté insolente que la saleté accuse* ». Ange-athlète, qui a ensorcelé le futur poète, au point de fournir à son œuvre le héros type, le modèle humain parfait. En 1940 encore, le voilà qui inspire *Cadence*, le beau chapitre central de *La Fin du Potomak*.

> *Ce Dargelos et la neige*
> *Bien souvent nous en parlâmes*
> *Il en fabriquait des pièges*
> *Et des couteaux à cinq lames.*

> *C'était le coq du collège*
> *Quel cancre ! Quelle insolence !*
> *Et quand il lance la neige*
> *Ce sont des sorts qu'il vous lance.*

....

> *Masqués la bouche et le cou*
> *(On ne voit que ses yeux de fauve)*
> *L'élève Dargelos se sauve*
> *Après quelque mauvais coup.*

Langage clairement sexuel, comme dans les deux dernières strophes :

Il cachait dans son pupitre
Réglisse et sucre candi.
Il écrasait contre les vitres
Sa figure de bandit.

Figure de bandit en herbe
Et parfois, s'accroupissant,
Il montrait des genoux superbes
Maculés d'encre et de sang.

Dargelos, aussi étrange qu'il semble, était le vrai nom du garçon. Jean-Jacques Kihm[1] a retrouvé, dans les archives du Petit Condorcet, la fiche de cet élève pour l'année 1902. En 5e B, il n'était aucunement « l'élève nul » exalté dans *Portraits-souvenir*. Ni seulement « le bel animal » évoqué dans *Le Livre blanc*. Qu'en en juge : 4e accessit de langue française, 2e accessit de version latine, 4e accessit de langue grecque, 2e accessit d'histoire et géographie, 1er prix d'histoire naturelle, 1er prix de calcul, 1er prix de récitation.

En octobre 1902, Jean Cocteau et Pierre Dargelos entrèrent en 4e au Grand Condorcet. À la fin de l'année, Dargelos obtint, outre douze prix et accessits, rien de moins que le prix d'excellence. Je ne m'étonne pas, cependant, que son condisciple ait méconnu, oublié, ou plutôt voulu ne pas voir les réussites scolaires de celui qui l'obnubilait par la prestance physique et orienta peut-être définitivement son destin sexuel. L'intellectuel qui aime les garçons les veut robustes, frustes, incultes. Dans la mythologie des homosexuels, le « cancre » de Cocteau voisine avec les Arabes du désert de Gide, les valets de chambre de Proust, les taulards de Genet, les footballeurs de Pasolini. Apologie du muscle, de la sexualité animale. Pour que Dargelos exerçât une influence aussi profonde et durable

---

1. Jean-Jacques Kihm, *Cocteau*, La Bibliothèque idéale, Gallimard, 1960.

sur Cocteau, il fallait que celui-ci, au mépris de la vérité (mépris de bonne foi, il va sans dire), gommât le fort en thème, ne retenant, de l'adolescent totémisé, que sa

> *Beauté de chevreuil d'automne*
> *Beauté de jeune bouleau*
> *De Narcisse qui s'étonne*
> *De ne jamais troubler l'eau.*

Beauté et force du mythe. « *Premier symbole des forces sauvages qui nous habitent, que la machine sociale essaye de tuer en nous et qui, par-delà le bien et le mal, manœuvrent des individus dont l'exemple nous console de vivre* », Dargelos, avant d'être assis sur un banc de la même classe, était inscrit dans le cœur de Cocteau, logé au plus secret de ses fantasmes.

*

Il ensorcelait son entourage, le jeune bûcheur idéalisé en bandit, il le subjuguait par « *les atteintes terribles que porte à toute âme délicate le sexe surnaturel de la beauté* » (*Portraits-souvenir*). Homme par la puissance qui s'en dégage, femme par le charme qui en émane, l'être recherché par l'homosexuel n'est autre que l'impossible androgyne, au sexe double, au sexe qui n'existe pas dans la nature, toujours mutilante. Si Cocteau avait eu son bachot, il aurait su, peut-être, que *sexe* est apparenté au latin *sectus* et signifie : coupure. L'étymologie (qu'on retrouve dans *section, sectionné*) révèle que l'humanité, à l'origine, était constituée de créatures bisexuées, parfaitement heureuses dans leur totalité circulaire, dans leur plénitude intérieure : si heureuses, que les dieux, jaloux, décidèrent de mettre fin à la béatitude de ces indivis en les scindant en deux moitiés. Les mythes orphiques, le mythe platonicien du *Banquet*, le mythe de la création d'Ève dans la Genèse ne disent pas autre chose. Faute de connaître Platon et la Bible, Cocteau se délecta avec le clown Barbette, qui exécutait ses numéros en travesti et faisait revivre, inconsciemment, dans le cadre plus vulgaire du cirque, la haute chimère de l'androgynie. « *Il plaît à ceux qui voient en lui la femme, à ceux qui devinent en lui l'homme, et à d'autres dont l'âme est émue par le sexe surnaturel de la beauté.* » (*Le Numéro Barbette*, 1926)

*

Mais avant Dargelos ? La rencontre du garçon aux genoux nus et à la boule de neige fracassante a-t-elle suffi à fixer la sexualité de Cocteau ? N'était-il pas né avec des penchants déjà bien déterminés, que la beauté juvénile de son camarade lui a permis seulement de reconnaître ? Je répugne à chercher des *causes* à l'homosexualité : ce serait admettre qu'elle n'est pas *normale*, qu'il faut l'*expliquer*. Ou alors, expliquons aussi, car ce n'est pas moins étrange, pourquoi Roméo est attiré par Juliette, au lieu de la délaisser pour le non moins charmant Mercutio. Toute enquête sur l'origine de « l'inversion » est discriminatoire. Les tentatives de Freud et de ses épigones n'ont fait que renforcer ma suspicion.

Dans *Le Livre blanc*, Cocteau travestit les données biographiques. Il se présente comme orphelin de mère et vivant avec son père. En réalité, c'est le contraire qui s'est produit. La mère de Jean vécut jusqu'en 1943. Quant à son père, il s'était suicidé, le 5 avril 1898, à quatre heures du matin, dans son appartement du 45 de la rue La Bruyère. L'enfant n'avait pas neuf ans. Un coup de revolver dans la tempe, aucun message pour justifier ce geste, resté pour tous énigmatique. *Le Livre blanc* décrit ce père comme « triste » ; le fils lui attribue les mêmes goûts qu'à lui-même, mais pense qu'il ignorait sa pente. Les aurait-il découverts, « *il serait tombé à la renverse* ». Et puis cette remarque, qui

n'éclaire rien : « *À cette époque on se tuait pour
moins.* » Le père de Cocteau s'est-il tué, comme
semble le dire ici son fils, parce qu'il avait pris
conscience de son « vice », selon l'aimable terminolo-
gie de ce temps ? Le plus attentif des biographes n'est
pas en mesure de confirmer cette opinion, et avoue que
le mystère demeure entier [1]. Que ce suicide ait pesé
lourdement sur l'avenir du garçon, c'est indéniable ;
mais qu'il ait contribué à fixer la sexualité de l'adolescent, il n'y a aucune raison de le croire.

L'excellente étude de Milorad, *Le Livre blanc, docu-
ment secret et chiffré* [2], ne fournit aucun renseignement
à ce propos ; sinon un démenti éclatant à tous les
efforts d'explication psychologique, sous forme de
deux quatrains inédits où le poète proclame le caractère
parfaitement naturel et spontané de l'homosexualité.

> *La nature a ses lois ne passons jamais outre
> Les hommes en ont fait d'autres et après eux
> Soyez un végétal et laissez votre foutre
> Jaillir et entrer où il veut.*

> *Libérez-vous d'autrui, déroutez la police
> Le soleil ne sait pas sur quels sexes il luit
> Notre ombre nous connaît et l'homme appelle vice
> Préférer la nature à lui.*

Joli pied de nez à tout essai de rattacher les goûts
sexuels d'un homme à son histoire familiale, de leur
attribuer une genèse où ses parents, ses rapports avec
ses parents, auraient joué un rôle.

*

---

1. Henry Gidel, *Cocteau*, Grandes biographies, Flammarion,
1997.
2. Cahiers Jean Cocteau, volume 8, Gallimard, 1979.

En amont de Dargelos, le père. En aval, les amants. Le jeune H. du *Livre blanc* combine, selon Milorad, les traits de Radiguet et de Desbordes. Il est écrivain comme eux, a, comme eux, des tendances hétéro-sexuelles, meurt précocement de tuberculose, comme Radiguet. Quant à l'épisode du « retour à l'Église » et au projet de se faire moine, ils rappellent à la fois la conversion manquée de Cocteau et l'aventure de Mau-rice Sachs, dont la velléité d'entrer dans les ordres, encouragée par le naïf Maritain, tourna au fiasco. Plus tard, apparaîtrait Jean Marais, qui n'a pas inspiré de roman, mais des pièces de théâtre, des films et de très nombreux poèmes, tendres ou érotiques, parmi les plus beaux de leur auteur.

Non moins importants que les amants illustres, voici les anonymes, choisis souvent parmi les marins, qui n'ont d'autre nom que celui qui est tatoué sur leur torse. Cette race de nomades et de baroudeurs n'a cessé d'exercer sur le poète une fascination souveraine. Ambulancier pendant la guerre de 14, il a côtoyé, dans le secteur de Nieuport, les fusiliers marins. À l'hôtel Welcome, sur la Côte d'Azur, il s'est trouvé en contact, dans les années 1925, avec les matelots améri-cains de la 6e flotte basée à Villefranche. Et puis, capi-tale des pompons rouges et des cols blancs, il y a toujours eu Toulon. « *De tous les coins du monde, les hommes épris de beauté masculine viennent admirer les marins qui flânent seuls ou par groupes, répondent aux œillades par un sourire et ne refusent jamais l'offre d'amour.* » Ces lignes du *Livre blanc* apportent une réplique malicieuse, mais non moins ravie, à l'ex-tase baudelairienne. Aujourd'hui, le nombre des vais-seaux de guerre ayant diminué, on ne compte plus que quatre mille marins à Toulon. Du temps de Cocteau, ils étaient vingt-cinq mille. Mais l'atmosphère n'a pas changé, et l'on imagine sans peine, à voir ces jeunes costauds attablés aux terrasses de café ou louvoyant dans les venelles des vieux quartiers, quel extraordinaire vivier d'émotions fournissait aux amateurs d'aventures clandestines la ville surpeuplée de solides jouvenceaux.

Le Livre blanc n'a pas introduit pour la première fois Toulon dans le roman français. Alexandre Dumas, déjà, faisait miroiter les prestiges du port provençal, qui servait alors de bagne. *Gabriel Lambert* et *Les Mohicans de Paris* évoquent cette période où, aux charmes ambigus du marin, s'ajoutait la gloire sulfureuse du forçat. Claude Farrère, marin de carrière, et qui avait les mêmes inclinations que Cocteau, s'était bien gardé de les afficher. Son roman toulonnais, publié en 1910, *Les Petites Alliées*, est consacré aux bordels orthodoxes de Toulon, comme si les marins n'avaient soif que d'hétaïres. Où la prudence emprunte les voies de la féminisation... Si l'on accuse Cocteau de quelque couardise, que l'on reconnaisse au moins l'énorme pas en avant. Farrère avait lui aussi frappé à la porte de l'Académie. Reçu, il poussa l'hypocrisie jusqu'à faire représenter sur son épée un corps de sirène asiatique. Cocteau, avec un cran certain, dessina pour sa garde un profil d'Orphée androgyne.

Question subsidiaire : les marins sont-ils vraiment aussi peu farouches que dans les fantasmes des écrivains ? Résistent-ils si peu à « l'offre d'amour » ? L'isolement affectif, le manque d'épouse ou de fiancée, la promiscuité des cabines expliquent leur complaisance, qui reste le plus souvent occasionnelle. Ils consentent, moins par goût que par nécessité. Mais il y a une règle d'or dans la marine. On peut s'aimer entre hommes, à condition de ne pas formuler en paroles un acquiescement qui doit rester tacite. Faire, sans parler de ce qu'on fait, tel est le pacte, l'*omertà* en vigueur. Reconnaître des penchants que sa conscience réprouve même si son corps s'y abandonne volontiers gênerait le marin. Il ne pratique l'homosexualité que s'il a le sentiment qu'elle ne l'engage pas.

Voilà une autre raison, sans doute, qui a empêché

Cocteau de signer son livre. C'était, comme on le sait, un classique. Du moins, après des débuts influencés par le surréalisme et l'écriture automatique, il a pris Radiguet pour maître. *Le Secret professionnel* et *D'un ordre considéré comme une anarchie* préconisent le retour aux valeurs classiques, à l'heure où sévit le conformisme des avant-gardes. Le volume où il rassemble ces deux textes, et qui paraît en 1926, porte un titre encore plus significatif : *Le Rappel à l'ordre.* « *Ce que j'allais chercher au cirque, au music-hall, ce n'était pas, comme on l'a tant prétendu, le charme des clowns ou des nègres, mais une leçon d'équilibre. École de travail, de force discrète, de grâce utile, haute école qui m'aliéna beaucoup d'esprits inattentifs.* »

Homme de discipline, de rigueur, d'économie, malgré l'apparence du contraire, il faut voir en Cocteau un partisan de l'ordre. Les règles, il entend les respecter, seul moyen de ne pas se laisser duper par de faux-semblants. En écrivant *Le Livre blanc*, il a transgressé l'obligation du silence. L'unique réparation possible, c'est de ne pas le signer. Crier son homosexualité sur les toits serait une faute, non contre la morale, mais contre une loi du milieu. On a fait l'amour ensemble, soit, il ne faut pas qu'il en reste une trace trop personnelle. Un livre blanc, donc, où ne s'inscriront que des souvenirs, des images, des rêves, indépendants de l'individu qui les a recueillis.

Dominique FERNANDEZ

LE MYSTÈRE DE JEAN L'OISELEUR

Je sais mieux que personne le ridicule auquel on s'expose en s'asseyant entre un miroir et une sténographe.

Mais à force d'exercer les sens les plus endormis j'ai basculé dans un monde qui me rend la signification du nôtre très obscure. Car le mensonge me gêne et mon seul moyen, maintenant, d'avoir l'air naturel, serait que je jouasse un rôle.

En effet tout ce qui ne porte pas encore d'étiquette, tout ce qui bouge confusément au fond de nous comme les animaux aveugles de la mer monte peu à peu à ma surface. La subconscience m'est en quelque sorte devenue un état normal, alors que les choses qui permettent aux hommes d'agir, de s'associer, de mordre à l'engrenage, sont descendues prendre aux profondeurs vagues la place de ce qui dirige ma vie et me condamne à la solitude. Je ne m'en vante pas. Il m'arrive l'histoire des gens curieux d'un poison et qui s'intoxiquent sans se rendre compte du danger. Impossible de revenir en arrière. J'habite la mort. Elle cherche les autres dans leurs maisons. Elle me prendra dans la sienne.

Je retourne au ridicule de l'égotisme. Il faut, pour le ressentir, faire partie d'une entente où le ridicule et le tact possèdent une réputation précise. Cette réputation j'arrive à l'admettre, mais elle disparaît aussi vite de moi que disparaissent des autres, les problèmes mystérieux sur quoi leur esprit se fixe une seconde et qui deviennent ma réalité.

Cette réalité irréelle défigure la plupart de mes actes. On en cherche les mobiles d'après les règles du jeu ; on les trouve — et j'ai vu souvent, avec surprise, des

personnes de bonne foi prendre mon désintéressement
maladif pour de rusés calculs.

Jean Cocteau
Villefranche, octobre 1924

Autoportrait.

L'ANGE HEURTEBISE

1925

Les anges habitaient jusqu'alors platoniquement le poète. Mais voici qu'un nouveau venu, plus brutal, l'obséda jusque dans un sommeil secoué de crises atroces : un « enfantement monstrueux » se préparait, une sorte de « parthénogenèse » par laquelle l'invisible allait surgir dans l'écriture. Une expulsion, un exorcisme, au rythme défait de calembours déroutants et secrets. Ici l'inspiration prend figure, à ne pas s'y tromper celle de Radiguet, mais portant tous les signes d'une métamorphose. Plus tard, un personnage d'Orphée, un ange revêtu de la forme d'un jeune vitrier, portera le même nom : Heurtebise. *En 1952, Cocteau définit clairement cette alchimie créatrice qui présida à cette étrange naissance et comment il devint corps et âme le « véhicule » de l'ange :* « J'ai peu de vocables à mon service. Je les amalgame jusqu'à ce que j'en obtienne une espèce de signification. Mais la force qui m'inflige d'écrire est impatiente. Elle me bouscule. » (Journal d'un inconnu).

L'ANGE HEURTEBISE

I

L'ange Heurtebise, sur les gradins
En moire de son aile,
Me bat, me rafraîchit la mémoire,
Le gredin, seul, immobile
Avec moi dans l'agate,
Que brise, âne, ton bât
Surnaturel.

II

L'ange Heurtebise, d'une brutalité
Incroyable saute sur moi. De grâce
Ne saute pas si fort,
Garçon bestial, fleur de haute
Stature.
Je m'en suis alité. En voilà
Des façons. J'ai l'as ; constate.
L'as-tu ?

III

L'ange Heurtebise me pousse ;
Et vous roi Jésus, miséricorde,
Me hissez, m'attirez jusqu'à l'angle
Droit de vos genoux pointus ;

Plaisir sans mélange. Pouce ! dénoue
La corde, je meurs.

IV

L'ange Heurtebise et l'ange
Cégeste tué à la guerre — quel nom
Inouï — jouent
Le rôle des épouvantails
Dont le geste *non* effraye
Les cerises du cerisier céleste,
Sous le vantail de l'église
Habituée au geste *oui*.

V

Ange Heurtebise, mon ange gardien,
Je te garde, je te heurte,
Je te brise, je te change
De gare, d'heure.
En garde été ! Je te défie,
Si tu es un homme. Avoue,
Mon ange de céruse, ta beauté
Prise en photographie par une
Explosion de magnésium.

VI

Ange Heurtebise, en robe d'eau,
Mon ange aimé, la grâce
Me fait mal. J'ai mal
À Dieu, il me torture.
En moi le démon est tortue, animal
Jadis mélodieux. Arrive,
Sors de l'agate

Dure fumée, ô vitesse qui tue.
Sur tes patins de diamant raye
Le miroir des malades.
Les murs
Les murs
Ont des oreilles
Et les miroirs
Des yeux d'amant.

VII

Ange Heurtebise, abonde, moelle
D'avion en sureau et en toile d'albâtre.
C'est l'heure. Il faut encore
Descendre à mon secours, la tête
La première, à travers le verre
Sans défaut des yeux, le vide, l'île
Où chante l'âtre. Sors ton épée,
Viens au ralenti folle étoile.
Que n'ai-je ton corps ? Ah !
Si nous avions tes hanches
Drapées de pierre, méchante
Bête à bon Dieu.

VIII

L'ange Heurtebise, aux pieds d'animal
Bleu de ciel, est venu. Je suis seul,
Tout nu sans Ève, sans moustaches,
Sans carte.
Les abeilles de Salomon
S'écartent, car je mange très mal mon miel
De thym amer, mon miel des Andes.
En bas, la mer ce matin recopie
Cent fois le verbe aimer. Des anges d'ouate
Les indécents, les sales,

Sur l'herbe traient les pis des grandes
Vaches géographiques.

IX

Ange Heurtebise, je triomphe :
La colère, le chiffre 13,
Mélangent à rebrousse-poil
Tes moires blanches,
Gonflent tes voiles d'une
Façon toute neuve.
Jamais, leçons ne me plûtes ; J'appris
Coûte que coûte,
Les affluents de l'Oise, le nom
Des branches d'arbre, la brousse
Du mois de Mai.
Oiseleur tu perds ta mie, apprivoise
Plutôt les statues.
Des oiseaux ce sont les amies ;
Le marbre est très influent.

X

Ange Heurtebise, dites l'Ave.
Un pied sur la tortue un autre sur
L'aile, c'est jongler avec
Plume et boulet de canon.
J'eus des torts, j'en conviens : nous nous plûmes
Après le jeûne. Ange Heurtebise, la terre
Mi-soleil, mi-ombre, a tout d'une
Panthère de la jungle. Non ?
Eh bien j'en suis sûr et vous ordonne
De vous taire. Vous avez
Du sang au bec, mon jeune ami.

XI

L'ange Heurtebise, rue d'Anjou,
Le dimanche, joue aux faux pas
Sur le toit, boite, marelle
À cloche-pied, voletant comme pie
Ou merle, ses joues en feu.
Attention, dites-moi tu.
Heurtebise, mon bel
Estropié, on nous épie à droite.
Cache tes perles, tes ciseaux ;
Il ne faut pas qu'on te tue,
Car en te tuant chaque mois
Moi on me tue et pas toi.
Ange ou feu ? Trop tard. En joue
Feu !
Il tombe fusillé par les soldats de Dieu.

XII

La mort de l'ange Heurtebise
Fut la mort de l'ange, la mort
Heurtebise fut une mort d'ange,
Une mort d'ange Heurtebise,
Un mystère du change, un as
Qui manque au jeu, un crime
Que le pampre enlace, un cep
De lune, un chant de cygne qui mord.
Un autre ange le remplace dont je
Ne savais pas le nom hier ;
En dernière heure : Cégeste.

XIII

Heurtebise, ô mon cygne, ouvre
Ta cachette peu sûre. Une feuille

De vigne mise sur l'âme
Impudique, je t'achète
Au nom du Louvre, que l'Amérique
Le veuille ou non.

XIV

Heurtebise ne t'écarte.
Plus de mon âme, j'accepte.
Fais ce que dois, beauté.
Qu'il est laid le bonheur qu'on veut,
Qu'il est beau le malheur qu'on a.
Cheveux d'ange Heurtebise, lourd
Sceptre mâle, danger de l'eau,
Du lait, malle de bonne en gare,
Au regard de cet élégant animal
Sur la carte qui bouge : mon tombeau
De l'île aux doigts écartés.
Le malheur gante du sept.

XV

Ange Heurtebise, les papillons battent
Mollement des mains malgré la nue.
Les soupapes et les oreillettes du cœur,
Fleur de l'aorte, anthracite,
Ouragan des points cardinaux.
Cordages de la nuit,
La lune écoute aux portes.
La rose n'a pas d'âge,
Elle a ses becs, ses gants,
Et les journaux la citent
Avec les acrobates
Que la nuit et le jour
Échangent sans amour.

Dans la nuit du... Quai... Les anges :
Heurtebise, Elzévir, Dimanche, Cégeste,
Après avoir... ont... du sexe féminin...
Il paraîtrait... malgré l'heure...
Elles virent... lumière diffuse... l'âne...
Fit mine de... une aile... par le manche
En fer... sur la bouche... l'atrocité
Du geste.

Menés au poste, ils refusèrent
De s'expliquer, bien entendu.

UN AMI DORT

1948

Publié avec les œuvres poétiques écrites autour de la Seconde Guerre mondiale, ce poème peut apparaître comme un autre Plain-chant *; le temps cependant a passé et le sentiment, dans un contexte différent, n'est plus ici la passion inquiète, mais la ferveur amicale d'une sérénité consciente. Par ses affinités avec le rêve et la mort, la vision d'un être endormi renouvelle l'interrogation secrète qui préside à l'écriture de la poésie.*

Jean Desbordes (1929).

UN AMI DORT

Tes mains, jonchant les draps étaient mes feuilles mortes
    Mon automne aimait ton été.
Le vent du souvenir faisait claquer les portes
    Des lieux où nous avons été.

Je te laissais mentir ton sommeil égoïste
    Où le rêve efface tes pas.
Tu crois être où tu es. Il est tellement triste
    D'être toujours où l'on n'est pas.

Tu vivais enfoncé dans un autre toi-même
    Et de ton corps si bien abstrait,
Que tu semblais de pierre. Il est dur, quand on aime
    De ne posséder qu'un portrait.

Immobile, éveillé, je visitais les chambres
    Où nous ne retournerons point.
Ma course folle était sans remuer les membres,
    Le menton posé sur mon poing.

Lorsque je revenais de cette course inerte,
    Je retrouvais avec ennui,
Tes yeux fermés, ton souffle et ta main grande ouverte
    Et ta bouche pleine de nuit.

Que ne ressemblons-nous à cet aigle à deux têtes.
    À Janus au double profil,
Aux frères Siamois qu'on montre dans les fêtes.
    Aux livres cousus par un fil ?

L'amour fait des amants un seul monstre de joie,
    Hérissé de cris et de crins,
Et ce monstre, enivré d'être sa propre proie,
    Se dévore avec quatre mains.

Quelle est de l'amitié la longue solitude ?
    Où se dirigent les amis ?
Quel est ce labyrinthe où notre morne étude
    Est de nous rejoindre endormis ?

Mais qu'est-ce que j'ai donc ? Mais qu'est-ce qui m'arrive ?
    Je dors. Ne pas dormir m'est dû.
À moins que, si je dors, je n'aille à la dérive
    Dans le rêve où je t'ai perdu.

Dieu qu'un visage est beau lorsque rien ne l'insulte.
    Le sommeil, copiant la mort,
L'embaume, le polit, le repeint, le resculpte,
    Comme Égypte ses dormeurs d'or.

Or je te contemplais, masqué par ton visage,
    Insensible à notre douleur.
Ta vague se mourait au bord de mon rivage
    Et se retirait de mon cœur.

La divine amitié n'est pas le fait d'un monde
    Qui s'en étonnera toujours.
Et toujours il faudra que ce monde confonde
    Nos amitiés et nos amours.

Le temps ne compte plus en notre monastère.
    Quelle heure est-il ? Quel jour est-on ?
Lorsque l'amour nous vient, au lieu de nous le taire,
    Vite, nous nous le racontons.

Je cours. Tu cours aussi, mais à contre machine.
    Où t'en vas-tu ? Je reviens d'où ?

Hélas, nous n'avons rien d'un monstre de la Chine,
    D'un flûtiste du ciel Hindou.

Enchevêtrés en un au sommet de vos crises,
    Amants, amants, heureux amants...
Vous êtes l'ogre ailé, niché dans les églises,
    Autour des chapiteaux romans.

Nous sommes à deux bras et noués par les âmes
    (C'est à quoi s'efforcent les corps.)
Seulement notre enfer est un enfer sans flammes,
    Un vide où se cherchent les morts.

Accoudé près du lit je voyais sur ta tempe
    Battre la preuve de ton sang.
Ton sang est la mer rouge où s'arrête ma lampe...
    Jamais un regard n'y descend.

L'un de nous visitait les glaces de mémoire,
    L'autre les mélanges que font
Le soleil et la mer en remuant leurs moires
    Par des vitres, sur un plafond.

Voilà ce que ton œil intérieur contemple.
    Je n'avais qu'à prendre ton bras
Pour faire, en t'éveillant, s'évanouir le temple
    Qui s'échafaudait sur tes draps.

Je restais immobile à t'observer. Le coude
    Au genou, le menton en l'air.
Je ne pouvais t'avoir puisque rien ne me soude
    Aux mécanismes de ta chair.

Et je rêvais, et tu rêvais, et tout gravite.
    Le sang, les constellations.
Le temps qui point n'existe et semble aller si vite.
    Et la haine des nations.

Tes vêtements jetés, les plis de leur étoffe,
     Leur paquet d'ombre, leurs détails,
Ressemblaient à ces corps après la catastrophe
     Qui les change en épouvantails.

Loin du lit, sur le sol, une de tes chaussures
     Mourait, vivait encore un peu...
Ce désordre de toi n'était plus que blessures.
     Mais qu'est-ce qu'un dormeur y peut ?

Il te continuait. Il imitait tes gestes.
     On te devinait au travers.
Et ne dirait-on pas que ta manche de veste
     Vient de lâcher un revolver ?

Ainsi, dans la banlieue, un vol, un suicide,
     Font un tombeau d'une villa.
Sur ces deuils étendu, ton visage placide
     Était l'âme de tout cela.

Je reprenais la route, écœuré par le songe,
     Comme à l'époque de *Plain-Chant*.
Et mon âge s'écourte et le soleil allonge
     L'ombre que je fais en marchant.

Entre toutes cette ombre était reconnaissable.
     Voilà bien l'allure que j'ai.
Voilà bien, devant moi, sur un désert de sable,
     Mon corps par le soir allongé.

Cette ombre, de ma forme accuse l'infortune.
     Mon ombre peut espérer quoi ?
Sinon la fin du jour et que le clair de lune
     La renverse derrière moi.

C'est assez. Je reviens. Ton désordre est le même.
     Tu peux seul en changer l'aspect.

Où l'amour n'a pas peur d'éveiller ce qu'il aime,
    L'amitié veille avec respect.

Le ciel est traversé d'astres faux, d'automates,
    D'aigles aux visages humains.
Te réveiller, mon fils, c'est pour que tu te battes.
    Le sommeil désarme tes mains.

POÈMES ADRESSÉS À JEAN MARAIS

Choix de textes

1937-1975

Habitant tous deux place de la Madeleine, dans l'appartement des énigmes de La Fin du Potomak, *Cocteau avait coutume de glisser la nuit des poèmes sous la porte de la chambre où dormait Jean Marais, qui les trouvait et les lisait à son réveil.* « Or, écrit ce dernier, lorsque je voulus, des années plus tard, les lire à haute voix à des amis, je découvris tout à coup une sorte de crainte, presque de désespoir que je n'avais pas ressenti alors. Mon émotion fut si forte que je dus interrompre ma lecture, la gorge nouée. Sans aucun doute aussi, parce que la beauté m'a toujours ému et parce que cette beauté m'était destinée... *Un sang d'encre* s'en écoulait et glissait sous ma porte » *(Jean Marais,* Histoires de ma vie*)*.

Le tour du monde était un bien pauvre voyage
À côté du voyage où je pars avec toi
Chaque jour je t'adore et mieux et davantage
Où tu vis c'est mon toit.

Jean COCTEAU

LE PORTRAIT

Il le faut d'amour trait par trait
Il le faut plus vrai que ma vie
Te poser est ma seule envie :
Je veux devenir ton portrait

Je saurai me tenir raide comme la rose
Comme elle armé comme elle immobile et frisé
    Et quand j'aurai fini la pose
    Que le modèle soit brisé

Je veux n'être de moi que ce qu'il imagine
Le peintre, acteur, le chœur, le pur, l'ange Michel
Et qu'on ne cache plus qu'un autre à l'origine
Était ce portrait d'astre et de romanichel.

LE SOLEIL NOIR

Le portrait sera ressemblant
Comme le blanc ressemble au blanc
Et comme la rose à la rose
C'est pareil et c'est autre chose.

Il est ressemblant ce portrait
Mais c'est à nos cœurs qu'il ressemble
Lorsque tu dessines mes traits
Nos traits se tissent tous ensemble.

L'orage éclate après l'amour
(Il éclate après notre orage)

Et l'éclair illumine autour
Le soleil noir de ton visage.

L'OR À LA FEUILLE

Le marbre grec était doré
(Le dieu, l'empereur ou le faune)
Je, sur ton visage adoré
Dépose cette feuille jaune.

TRENTE-SIX CHANDELLES

Tu m'avais arraché mes ombres et mes cris
Seule une âme vivait dans une forme morte.
Et j'ai commis ce crime : au lieu de cris écrits
Mon silence d'amour a glissé sous ta porte.

Tu m'arraches du corps des flammes et des anges
Et ton sommeil naïf attendait quelques vers
Mais quel poème, hélas, composer en échange
D'un prodige qui met le désordre à l'envers,

Crée un ordre inconnu, déracine les règles,
Écrase la sottise, entrouvre un mur d'airain,
Et comme les bergers enlevés par les aigles
Me découvre un ciel noir givré de sel marin.

UN JOUR

Tu es beau comme la lyre
Tu es beau comme la paix
Lorsque de moi tu te repais
Tu es beau comme le délire.

Toujours tu sembles le plus beau.
Tu es le plus beau sans nul doute
Et à l'autre bout de ma route
Tu es beau comme le tombeau

Oui que m'importe si je tombe
N'importe comment, n'importe où
Puisque veillera sur ma tombe
Ta beauté de sommeil debout.

L'HEUREUX MARTYR

Tout le monde qu'on m'enseigna,
Tout ce que m'enseigna le monde,
Croule devant ta force blonde
Jeune bourreau de Mantegna.

Tu me décolles, tu m'écrases
M'achèves d'un corps inhumain
Et ma tête morte à la main
Je te regarde avec extase.

LE SECRET

Maintenant j'ai compris que la plupart des hommes
        Croyaient connaître le désir
        Le bonheur, même le plaisir
Et que tous étaient fous, délaissés, économes

Maintenant j'ai compris que je croyais savoir
        Ce qu'était la chance de vivre
        De voyager au ciel, d'être ivre
(Un contraste entre le désordre et le devoir)

Maintenant j'ai compris que je croyais comprendre !...
        Vaincre le vice et la vertu

Être de foudre revêtu,
Jaillir d'un sol aride et brûler dans la cendre

Maintenant j'ai compris entre tes bras de sel
　　De miel, de poivre, d'ombre et d'ambre
Que je participais au drame universel.

Le drame sans espoir d'être le solitaire
　　Qui pense n'être jamais seul
　　Et qui confondait son linceul
Avec ce drap taché des sources de la terre

Avec ce bonheur chaste, indécent, inconnu
　　De presque tous nos frères d'armes
　　Avec ce mélange de larmes
Et de pollen d'amour jailli des membres nus

À Jeannot

Je t'aimais mal, c'était un amour de Paresse
Un soleil de cheveux qui réchauffe le cœur
J'aimais ta loyauté, ton orgueil, ta jeunesse
　　Et quelque chose de moqueur.
Puis j'ai cru qu'un trésor était à tout le monde
Que je jouais l'avare et qu'il ne fallait pas ;
Que tu distribuais ta force rouge et blonde
　　Que tes pas quitteraient mes pas.
Je me trompais. Et plus, je te trompais de même.
L'amour me couronnait d'un feuillage de feu
Ta rencontre c'était mon drame et mon poème.
　　Je n'avais donc aimé qu'un peu !
Je te donne mon âme et mon cœur et le reste.
Les fantômes de neige amassés sous mon toit.
Mon destin ne saurait obéir qu'à ton geste
　　Et ma mort ne vivre qu'en toi.

Ils

Ils peuvent te donner des corps durs et robustes
Des rendez-vous cruels joyeux et clandestins...
Peuvent-ils te donner un palais de tes bustes ?
Peuvent-ils te donner l'étoile des destins ?

Je suis venu vers toi, malgré l'ombre et le vice,
Pur comme le très pur, naïf et glorieux ;
Peuvent-ils, ces voleurs, te rendre le service
Du portrait idéal et du tien dans mes yeux ?

La clef d'or

De te chanter suis-je digne ?
Ai-je bien de l'encre joui ?
De mes vers es-tu réjoui ?
Lourde est la grappe d'or sous la feuille de vigne.

Lourd le soir, lourd le matin
Lourdes les haltes du destin
Lourde cette terre étrangère...
Mais près de ton sommeil toute chose est légère.

Le ciel a sacré ma maison
Adieu la mauvaise saison
Adieu le soleil et la pluie
C'est où ton corps n'est pas que mon âme s'ennuie.

Tu m'as ouvert avec la clé
Du mystère d'ombre bouclé
Qui se lègue du fond des âges
À genoux contre toi mes fantômes voyagent.

TON SILENCE

L'amour est une science
Et de toi j'ai tout appris
Et j'écoute ton silence
Que je n'avais pas compris.

T'ai-je mal aimé, cher ange !
Ange doux, ange brutal...
Pur, limpide, sans mélange
Fermé comme le cristal.

Dans ce cristal je contemple
Le désespoir évité.
Mon bonheur élève un temple
À ta jeune antiquité.

PREUVE

Vraiment c'est à mourir de rire
Cette image de Des Grieux !
Il faut à peine savoir lire
À peine entendre avec les yeux
Pour comprendre ce calme où veille le délire
Pour connaître que tout est maussade, ennuyeux
À côté de ton astre enfantin, glorieux
Pour chercher au triomphe un autre point de mire.

C'est si fort que j'y trouve une preuve des dieux
Ils écartent les doigts des cordes de ta lyre
Ils veulent garder pur le fil mélodieux
Chargé du seul secret qu'ils permettent de dire.

Ah ! quand tu souffres c'est le pire...
Et cela doit avoir un sens mystérieux
Mon amour sur ton mal n'a donc aucun empire
J'ai honte de ces vers : je devrais t'aimer mieux.

LA GUERRE

Le matin j'arrive à Roye
Comme en un cheval de Troie
Et au village d'Amy
Je vois venir mon ami.

*

Fils de roi, toi qui te caches
Et portes l'uniforme bleu
Comme de fausses moustaches
Quel est ton royaume ? dis-le

Ne m'en fais plus un mystère
Je le demande à genoux
Ton royaume est-il de la terre
Comment te glisses-tu chez nous ?

Comment ai-je eu la chance insigne
De me trouver sur ton chemin
Réponds beau dormeur dont la main
Repose au bout d'un col de cygne.

LE VIN

Hitler a tué ses amis
Ces crimes ne sont pas permis...
Mais devant le Ciel et l'Église
Notre passion est permise

Les plantes et les animaux
Nous enseignent notre ligne
Lorsque tu plantes ma vigne
Je récolte le vin des mots.

Nous

Cette guerre est sans merci
Comme celle de naguère
Jeannot, retiens bien ceci
Nous ne sommes pas en guerre

Hommage au chevreuil Matford

La guerre vint. Je mourais
Avec les rêves et les livres
Un ange nommé Jean Marais
M'enseigna le secret de vivre

L'espoir illumine son œil
Il déteste l'ombre et le doute
Et comme un faune sur les routes
Il chevauche notre chevreuil

Mars

Debout, non loin de ta chambre
J'attendais le signal du cor
Or c'était au mois de septembre
Que devait changer le décor

Il est malade le grand Pan
Je le ressentais dans les moelles
Mais c'est de nos seules étoiles
Que le sort des armes dépend.

C'est dans un village de la Somme
Et qui porte le nom d'Amy
Que se résume cette somme
Que l'on nomme du nom d'ami

Un ami c'est ce qu'il faut taire
C'est encore plus qu'un amant
C'est un archange militaire
Caché dans un cantonnement.

C'est grâce aux ondes qu'il dégage
Que le poète du bateau
Donne à son esprit un langage
Et se déguise en Jean Cocteau.

CARTE POSTALE SOUVENIR

L'alcyon où la neige dort
Où ? Cherchez vous-même. Le sais-je ?
Nous irons dormir sous la neige
À l'auberge du Chamois d'or.

Le soleil sur les hautes cimes
Veloutait les neiges cruelles
C'est ainsi que nous réussîmes
À voler sans acheter d'ailes.

Ainsi nous nous envolâmes
Ainsi que le froid endormait
Les enveloppes de nos âmes
Jusqu'au crocus du mois de mai.

C'est ainsi que l'alcyon vole
C'est ainsi que la neige fond
C'est ainsi, c'est ainsi que font
Les plumages de ma parole.

LA PAIX

Qu'est-ce que le fracas des armes
Et les colères et les larmes ?

Et les vaincus et les vainqueurs ?
J'ai signé la paix dans ton cœur.

Mon Jeannot, mon fils, mon ami
Sur mon cœur de Noël tu règnes
Lorsque tu t'envoles d'Amy
Jusqu'à Tilloloy (par Beauvraignes)

Comment fais-tu pour être, en somme
Un de ces soldats de l'ennui...
Et de vivre dans notre Somme
Et d'allumer toute ma nuit ?

Ma véritable vie est née
Après que j'ai connu Jeannot
Maintenant nous mélangeons nos
Chaussures dans la cheminée.

LE LIVRE BLANC

1928

L'édition princeps du Livre blanc *(Un « livre blanc » désigne généralement un recueil officiel sur un problème précis) parut sans nom d'auteur. Jean Cocteau n'en reconnut que plus tard la paternité : question de secret ou de morale publique. On sut lui reprocher ce livre lors de son entrée à l'Académie. Il fut écrit à la fin de l'année 1927, à Châblis, où il se trouvait en compagnie de Jean Desbordes, qui écrivait* J'adore. *Les deux écrivains conciliaient alors homosexualité et religion.*

Cette œuvre témoigne de fantasmes fondateurs, comme de mythologies de la mémoire. L'amour, qui s'amorce comme reconquête de la « normalité », glisse à pic vers la marginalité du désir. Ce récit foisonne en thèmes qui nourriront ses œuvres ultérieures, et révèle, voilées en leur transparence, des confidences essentielles sur les secrets de sa démarche créatrice.

Au plus loin que je remonte et même à l'âge où l'esprit n'influence pas encore les sens, je trouve des traces de mon amour des garçons.

J'ai toujours aimé le sexe fort que je trouve légitime d'appeler le beau sexe. Mes malheurs sont venus d'une société qui condamne le rare comme un crime et nous oblige à réformer nos penchants.

On a dit que Le livre blanc était mon œuvre. Je suppose que c'est le motif pour lequel vous me demandez de l'illustrer et pour lequel j'accepte

Il semble, en effet que l'auteur connaisse "Le grand Écart" et ne méprise pas mon travail.

Mais quelque soit le bien que je pense de ce livre – serait-il même de moi – je ne voudrais pas le signer parcequ'il prendrait forme d'autobiographie et que je me réserve d'écrire le mienne, beaucoup plus singulière encore.

Je me contente donc d'approuver par l'image cet effort anonyme vers le défrichement d'un terrain resté trop inculte.

Jean Cocteau.
mai 1930.

Trois circonstances décisives me reviennent à la mémoire.

Mon père habitait un petit château près de S. Ce château possédait un parc. Au fond du parc il y avait une ferme et un abreuvoir qui n'appartenaient pas au château. Mon père les tolérait sans clôture, en échange des laitages et des œufs que le fermier apportait chaque jour.

Un matin d'août, je rôdais dans le parc avec une carabine chargée d'amorces et, jouant au chasseur, dissimulé derrière une haie, je guettais le passage d'un animal, lorsque je vis de ma cachette un jeune garçon de ferme conduire à la baignade un cheval de labour. Afin d'entrer dans l'eau et sachant qu'au bout du parc ne s'aventurait jamais personne, il chevauchait tout nu et faisait s'ébrouer le cheval à quelques mètres de moi. Le hâle sur sa figure, son cou, ses bras, ses pieds, contrastant avec la peau blanche, me rappelait les marrons d'Inde qui jaillissent de leurs cosses, mais ces taches sombres n'étaient pas seules. Une autre attirait mes regards, au milieu de laquelle une énigme se détachait dans ses moindres détails.

Mes oreilles bourdonnèrent. Ma figure s'empourpra. La force abandonnait mes jambes. Le cœur me battait comme un cœur d'assassin. Sans me rendre compte, je tournai de l'œil et on ne me retrouva qu'après quatre heures de recherches. Une fois debout, je me gardai instinctivement de révéler le motif de ma faiblesse et je racontai, au risque de me rendre ridicule, qu'un lièvre m'avait fait peur en débouchant des massifs.

La seconde fois, c'était l'année suivante. Mon père avait autorisé des bohémiens à camper dans ce même bout de parc où j'avais perdu connaissance. Je me promenais avec ma bonne. Soudain, poussant des cris, elle m'entraîna, me défendant de regarder en arrière. Il faisait une chaleur éclatante. Deux jeunes bohémiens s'étaient dévêtus et grimpaient aux arbres. Spectacle qui effarouchait ma bonne et que la désobéissance encadra de manière inoubliable. Vivrai-je cent ans, grâce à ce cri et à cette course, je reverrai toujours une roulotte, une femme qui berce un nouveau-né, un feu qui fume, un cheval blanc qui mange de l'herbe, et, grimpant aux arbres, deux corps de bronze trois fois tachés de noir.

La dernière fois, il s'agissait, si je ne me trompe, d'un jeune domestique nommé Gustave. À table, il se retenait mal de rire. Ce rire me charmait. À force de tourner et retourner dans ma tête les souvenirs du garçon de ferme et des bohémiens, j'en arrivai à souhaiter vivement que ma main touchât ce que mon œil avait vu.

Mon projet était des plus naïfs. Je dessinerais une femme, je porterais la feuille à Gustave, je le ferais rire, je l'enhardirais et lui demanderais de me laisser toucher le mystère que j'imaginais, pendant le service de table, sous une bosse significative du pantalon. Or de femme en chemise, je n'avais jamais vu que ma bonne et croyais que les artistes inventaient aux femmes des seins durs alors qu'en réalité toutes les avaient flasques. Mon dessin était réaliste. Gustave éclata de rire, me demanda quel était mon modèle et comme, profitant de ce qu'il se trémoussait, j'allais droit au but avec une audace inconcevable, il me repoussa, fort rouge, me pinça l'oreille, prétextant que je le chatouillais et, mort de peur de perdre sa place, me reconduisit jusqu'à la porte.

Quelques jours après il vola du vin. Mon père le renvoya. J'intercédai, je pleurai ; tout fut inutile. J'accompagnai jusqu'à la gare Gustave, chargé d'un jeu de massacre que je lui avais offert pour son jeune fils dont il me montrait souvent la photographie.

Ma mère était morte en me mettant au monde et j'avais toujours vécu en tête à tête avec mon père, homme triste et charmant. Sa tristesse précédait la perte de sa femme. Même heureux il avait été triste et c'est pourquoi je cherchais à cette tristesse des racines plus profondes que son deuil.

Le pédéraste reconnaît le pédéraste comme le juif le juif. Il le devine sous le masque, et je me charge de le découvrir entre les lignes des livres les plus innocents. Cette passion est moins simple que les moralistes ne le supposent. Car, de même qu'il existe des femmes pédérastes, femmes à l'aspect de lesbiennes, mais recherchant les hommes de la manière spéciale dont les hommes les recherchent, de même il existe des pédérastes qui s'ignorent et vivent jusqu'à la fin dans un malaise qu'ils mettent sur le compte d'une santé débile ou d'un caractère ombrageux.

J'ai toujours pensé que mon père me ressemblait trop pour différer sur ce point capital. Sans doute ignorait-il sa pente et au lieu de la descendre en montait-il péniblement une autre sans savoir ce qui lui rendait la vie si lourde. Aurait-il découvert les goûts qu'il n'avait jamais trouvé l'occasion d'épanouir et qui m'étaient révélés par des phrases, sa démarche, mille détails de sa personne, il serait tombé à la renverse. À son époque on se tuait pour moins. Mais non ; il vivait dans l'ignorance de lui-même et acceptait son fardeau.

Peut-être à tant d'aveuglement dois-je d'être de ce monde. Je le déplore, car chacun eût trouvé son compte si mon père avait connu des joies qui m'eussent évité mes malheurs.

J'entrai au lycée Condorcet en troisième. Les sens s'y éveillaient sans contrôle et poussaient comme une mauvaise herbe. Ce n'étaient que poches trouées et mouchoirs sales. La classe de dessin surtout enhardissait les élèves, dissimulés par la muraille des cartons. Parfois, en classe ordinaire, un professeur ironique interrogeait brusquement un élève au bord du spasme. L'élève se levait, les joues en feu, et, bredouillant n'importe quoi, essayait de transformer un dictionnaire en feuille de vigne. Nos rires augmentaient sa gêne.

La classe sentait le gaz, la craie, le sperme. Ce mélange m'écœurait. Il faut dire que ce qui était un vice aux yeux de tous les élèves n'en étant pas un pour moi ou, pour être plus exact, parodiant bassement une forme d'amour que respectait mon instinct, j'étais le seul qui semblait réprouver cet état de choses. Il en résultait de perpétuels sarcasmes et des attentats contre ce que mes camarades prenaient pour de la pudeur.

Mais Condorcet était un lycée d'externes. Ces pratiques n'allaient pas jusqu'à l'amourette ; elles ne dépassaient guère les limites d'un jeu clandestin.

Un des élèves, nommé Dargelos, jouissait d'un grand prestige à cause d'une virilité très au-dessus de son âge. Il s'exhibait avec cynisme et faisait commerce d'un spectacle qu'il donnait même à des élèves d'une autre classe en échange de timbres rares ou de tabac. Les places qui entouraient son pupitre étaient des places de faveur. Je revois sa peau brune. À ses culottes très courtes et à ses chaussettes retombant sur ses chevilles, on le devinait fier de ses jambes. Nous portions tous des culottes courtes, mais à cause de jambes d'homme, seul Dargelos avait les jambes *nues*. Sa chemise ouverte dégageait un cou large. Une boucle puissante se tordait sur son front. Sa figure aux lèvres un peu grosses, aux yeux un peu bridés, au nez un peu camus, présentait les moindres caractéristiques du type qui devait me devenir néfaste. Astuce de la fatalité qui se déguise, nous donne l'illusion d'être libres et, en fin de compte, nous fait tomber toujours dans le même panneau.

La présence de Dargelos me rendait malade. Je l'évitais. Je le guettais. Je rêvais d'un miracle qui attirerait son attention sur moi, le débarrasserait de sa morgue, lui révélerait le sens de mon attitude qu'il devait prendre pour une pruderie ridicule et qui n'était qu'un désir fou de lui plaire.

Mon sentiment était vague. Je ne parvenais pas à le préciser. Je n'en ressentais que gêne ou délices. La seule chose dont j'étais sûr, c'est qu'il ne ressemblait d'aucune sorte à celui de mes camarades.

Un jour, n'y tenant plus, je m'en ouvris à un élève dont la famille connaissait mon père et que je fréquentais en dehors de Condorcet. « Que tu es bête, me dit-il, c'est simple. Invite Dargelos un dimanche, emmène-le derrière les massifs et le tour sera joué. » Quel tour ? Il n'y avait pas de tour. Je bredouillai qu'il ne s'agissait pas d'un plaisir facile à prendre en classe et j'essayai vainement par le langage de donner une forme à mon rêve. Mon camarade haussa les épaules. « Pourquoi, dit-il, chercher midi à quatorze heures ? Dargelos est plus fort que nous (il employait d'autres termes). Dès qu'on le flatte il marche. S'il te plaît, tu n'as qu'à te l'envoyer. »

La crudité de cette apostrophe me bouleversa. Je me rendis compte qu'il était impossible de me faire comprendre. En admettant, pensais-je, que Dargelos accepte un rendez-vous, que lui dirais-je, que ferais-je ? Mon goût ne serait pas de m'amuser cinq minutes, mais de vivre toujours avec lui. Bref, je l'adorais, et je me résignai à souffrir en silence, car, sans donner à mon mal le nom d'amour, je sentais bien qu'il était le contraire des exercices de la classe et qu'il n'y trouverait aucune réponse.

Cette aventure qui n'avait pas eu de commencement eut une fin.

Poussé par l'élève auquel je m'étais ouvert, je demandai à Dargelos un rendez-vous dans une classe vide après l'étude de cinq heures. Il vint. J'avais compté sur un prodige qui me dicterait ma conduite.

Jean Cocteau

En sa présence je perdis la tête. Je ne voyais plus que ses jambes robustes et ses genoux blessés, blasonnés de croûtes et d'encre.

— Que veux-tu ? me demanda-t-il, avec un sourire cruel. Je devinai ce qu'il supposait et que ma requête n'avait pas d'autre signification à ses yeux. J'inventai n'importe quoi.

— Je voulais te dire, bredouillai-je, que le censeur te guette.

C'était un mensonge absurde, car le charme de Dargelos avait ensorcelé nos maîtres.

Les privilèges de la beauté sont immenses. Elle agit même sur ceux qui paraissent s'en soucier le moins.

Dargelos penchait la tête avec une grimace :

— Le censeur ?

— Oui, continuais-je, puisant des forces dans l'épouvante, le censeur. Je l'ai entendu qui disait au proviseur : « Je guette Dargelos. Il exagère. Je l'ai à l'œil ! »

— Ah ! j'exagère, dit-il, eh bien, mon vieux, je la lui montrerai au censeur. Je la lui montrerai au port d'armes ; et quant à toi, si c'est pour me rapporter des conneries pareilles que tu me déranges, je te préviens qu'à la première récidive je te botterai les fesses.

Il disparut.

Pendant une semaine je prétextai des crampes pour ne pas venir en classe et ne pas rencontrer le regard de Dargelos. À mon retour j'appris qu'il était malade et gardait la chambre. Je n'osais prendre de ses nouvelles. On chuchotait. Il était boy-scout. On parlait d'une baignade imprudente dans la Seine glacée, d'une angine de poitrine. Un soir, en classe de géographie, nous apprîmes sa mort. Les larmes m'obligèrent à quitter la classe. La jeunesse n'est pas tendre. Pour beaucoup d'élèves, cette nouvelle, que le professeur nous annonça debout, ne fut que l'autorisation tacite de ne rien faire. Le lendemain, les habitudes se refermèrent sur ce deuil.

Malgré tout, l'érotisme venait de recevoir le coup

de grâce. Trop de petits plaisirs furent troublés par le fantôme du bel animal aux délices duquel la mort elle-même n'était pas restée insensible.

En seconde, après les vacances, un changement radical s'était produit chez mes camarades.

Ils muaient ; ils fumaient. Ils rasaient une ombre de barbe, ils affectaient de sortir tête nue, portaient des culottes anglaises ou des pantalons longs. L'onanisme cédait la place aux vantardises. Des cartes postales circulaient. Toute cette jeunesse se tournait vers la femme comme les plantes vers le soleil. C'est alors que pour suivre les autres, je commençai de fausser ma nature.

En se ruant vers leur vérité, ils m'entraînaient vers le mensonge. Je mettais ma répulsion sur le compte de mon ignorance. J'admirais leur désinvolture. Je me forçais de suivre leur exemple et de partager leurs enthousiasmes. Il me fallait continuellement vaincre mes hontes. Cette discipline finit par me rendre la tâche assez facile. Tout au plus me répétai-je que la débauche n'était drôle pour personne, mais que les autres y apportaient une meilleure volonté que moi.

Le dimanche, s'il faisait beau, nous partions en bande avec des raquettes, sous prétexte d'un tennis à Auteuil. Les raquettes étaient déposées en cours de route, chez le concierge d'un condisciple dont la famille habitait Marseille, et nous nous hâtions vers les maisons closes de la rue de Provence. Devant la porte de cuir, la timidité de notre âge reprenait ses droits. Nous marchions de long en large, hésitant devant cette porte comme des baigneurs devant l'eau froide. On tirait à pile ou face qui entrerait le premier. Je mourais de peur d'être désigné par le sort. Enfin la victime longeait les murs, s'y enfonçait et nous entraînait à sa suite.

Rien n'intimide plus que les enfants et les filles. Trop de choses nous séparent d'eux et d'elles. On ne sait comment rompre le silence et se mettre à leur niveau. Rue de Provence, le seul terrain d'entente était le lit où je m'étendais auprès de la fille et l'acte que nous accomplissions tous les deux sans y prendre le moindre plaisir.

Ces visites nous enhardissant, nous abordâmes les femmes de promenoir et fîmes ainsi la connaissance d'une petite personne brune surnommée Alice de Pibrac. Elle demeurait rue La Bruyère dans un modeste appartement qui sentait le café. Si je ne me trompe, Alice de Pibrac nous recevait mais ne nous accordait que de l'admirer en peignoir sordide et ses pauvres cheveux sur le dos. Un tel régime énervait mes camarades et me plaisait beaucoup. À la longue, ils se lassèrent d'attendre et suivirent une nouvelle piste. Il s'agissait de réunir nos bourses, de louer l'avant-scène de l'Eldorado en matinée le dimanche, de jeter des bouquets de violettes aux chanteuses et d'aller les attendre à la porte des coulisses par un froid mortel.

Si je raconte ces aventures insignifiantes, c'est afin de montrer quelle fatigue et quel vide nous laissait notre sortie du dimanche, et ma surprise d'entendre mes camarades en ressasser les détails toute la semaine.

L'un d'eux connaissait l'actrice Berthe qui me fit connaître Jeanne. Elles faisaient du théâtre. Jeanne me plaisait ; je chargeai Berthe de lui demander si elle consentirait à devenir ma maîtresse. Berthe me rapporta un refus et m'enjoignit de tromper mon camarade avec elle. Peu après, apprenant par lui que Jeanne se plaignait de mon silence, j'allai la voir. Nous découvrîmes que ma commission n'avait jamais été transmise et décidâmes de nous venger en réservant à Berthe la surprise de notre bonheur.

Cette aventure marqua mes seizième, dix-septième et dix-huitième années d'une telle empreinte qu'encore maintenant il m'est impossible de voir le nom de Jeanne dans un journal ou son portrait sur un mur, sans en ressentir un choc. Et cependant est-il possible de raconter rien de cet amour banal qui se passait en attentes chez les modistes et à jouer un assez vilain rôle, car l'arménien qui entretenait Jeanne m'avait en haute estime et faisait de moi son confident.

La seconde année, les scènes commencèrent. Après la plus vive qui eut lieu à cinq heures place de la Concorde, je laissai Jeanne sur un refuge et me sauvai à la maison. Au milieu du dîner je projetais déjà un coup de téléphone, lorsqu'on vint m'annoncer qu'une dame m'attendait dans une voiture. C'était Jeanne. « Je ne souffre pas, me dit-elle, d'avoir été plantée là place de la Concorde, mais tu es trop faible pour mener un pareil acte jusqu'au bout. Il y a encore deux mois tu serais retourné sur le refuge après avoir traversé la place. Ne te flatte pas d'avoir fait preuve de caractère, tu n'as prouvé qu'une diminution de ton amour. » Cette dangereuse analyse m'éclaira et me montra que l'esclavage avait pris fin.

Pour raviver mon amour, il fallut m'apercevoir que Jeanne me trompait. Elle me trompait avec Berthe. Cette circonstance me dévoile aujourd'hui les bases de mon amour. Jeanne était un garçon ; elle aimait les femmes, et moi je l'aimais avec ce que ma nature contenait de féminin. Je les découvris couchées, enroulées comme une pieuvre. Il fallait battre ; je suppliai. Elles se moquèrent, me consolèrent, et ce fut la fin piteuse d'une aventure qui mourait d'elle-même et ne m'en causa pas moins assez de ravages pour inquiéter mon père et l'obliger à sortir d'une réserve où il se tenait toujours vis-à-vis de moi.

Une nuit que je rentrais chez mon père plus tard que de coutume, une femme m'aborda place de la Madeleine, avec une voix douce. Je la regardai, la trouvai ravissante, jeune, fraîche. Elle s'appelait Rose, aimait qu'on parle et nous marchâmes de long en large jusqu'à l'heure où les maraîchers, endormis sur les légumes, laissent leur cheval traverser Paris désert.

Je partais le lendemain pour la Suisse. Je donnai à Rose mon nom et mon adresse. Elle m'envoyait des lettres sur papier quadrillé contenant un timbre pour la réponse. Je lui répondais sans ennui. Au retour, plus heureux que Thomas de Quincey, je retrouvai Rose à la place où nous avions fait connaissance. Elle me pria de venir à son hôtel, place Pigalle.

L'hôtel M. était lugubre. L'escalier puait l'éther. C'est le dérivatif des filles qui rentrent bredouilles. La chambre était le type des chambres jamais faites. Rose fumait dans son lit. Je la complimentai sur sa mine. « Il ne faut pas me voir sans maquillage, dit-elle. Je n'ai pas de cils. J'ai l'air d'un lapin russe. » Je devins son amant. Elle refusait la moindre offrande.

Si ! Elle accepta une robe sous prétexte qu'elle ne valait rien pour le business, qu'elle était trop élégante et qu'elle la garderait dans son armoire comme souvenir.

Un dimanche, on frappa. Je me levai en hâte. Rose me dit de rester tranquille, que c'était son frère et qu'il serait enchanté de me voir.

Ce frère ressemblait au garçon de ferme et à Gustave de mon enfance. Il avait dix-neuf ans et le pire des genres. Il s'appelait Alfred ou Alfredo et parlait un français bizarre, mais je ne m'inquiétai pas de sa nationalité ; il me semblait appartenir au pays de la prostitution qui possède son patriotisme et dont ce pouvait être l'idiome.

Si la pente qui me conduisait vers la sœur montait un peu, on devine combien fut à pic celle qui me fit descendre vers le frère. Il était, comme disent ses compatriotes, à la page, et bientôt nous employâmes des ruses d'apaches afin de nous rencontrer sans que Rose n'en sache rien.

Le corps d'Alfred était pour moi davantage le corps pris par mes rêves que le jeune corps puissamment

armé d'un adolescent quelconque. Corps parfait, gréé de muscles comme un navire de cordages et dont les membres paraissent s'épanouir en étoile autour d'une toison où se soulève, alors que la femme est construite pour feindre, la seule chose qui ne sache pas mentir chez l'homme.

Je compris que je m'étais trompé de route. Je me jurai de ne plus me perdre, de suivre désormais mon droit chemin au lieu de m'égarer dans celui des autres et d'écouter davantage les ordres de mes sens que les conseils de la morale.

Alfred me rendait mes caresses. Il m'avoua n'être pas frère de Rose. Il était son souteneur.

Rose continuait de jouer son rôle et nous le nôtre. Alfred clignait de l'œil, me poussait le coude et tombait parfois dans les fous rires. Rose le considérait avec surprise, ne se doutant pas que nous étions complices et qu'il existait entre nous des liens que la ruse consolidait.

Un jour le garçon d'hôtel entra et nous trouva vautrés à droite et à gauche de Rose : « Vous voyez, Jules, s'écria-t-elle en nous montrant tous les deux, mon frère et mon béguin ! Voilà tout ce que j'aime. »

Les mensonges commençaient à lasser le paresseux Alfred. Il me confia qu'il ne pouvait continuer cette existence, travailler sur un trottoir tandis que Rose travaillait sur l'autre et arpenter cette boutique en plein air où les vendeurs sont la marchandise. Bref, il me demandait de le sortir de là.

Rien ne pouvait me causer plus de plaisir. Nous décidâmes que je retiendrais une chambre dans un hôtel des Ternes, qu'Alfred s'y installerait séance tenante, que j'irais après dîner le rejoindre pour passer la nuit, que je feindrais avec Rose de le croire disparu et de me mettre à sa recherche, ce qui me rendrait libre et nous vaudrait beaucoup de bon temps.

Je louai la chambre, j'installai Alfred et dînai chez mon père. Après le dîner je courus à l'hôtel. Alfred était envolé. J'attendis de neuf heures à une heure du matin. Comme Alfred ne rentrait pas, je retournai chez moi le cœur en boule.

Le lendemain matin vers onze heures, j'allai aux informations ; Alfred dormait dans sa chambre. Il se réveilla, pleurnicha et me dit qu'il n'avait pu s'empêcher de reprendre ses habitudes, qu'il ne saurait se passer de Rose et qu'il l'avait cherchée toute la nuit, d'abord à son hôtel où elle n'habitait plus, ensuite de trottoir en trottoir, dans chaque brasserie du faubourg Montmartre et dans les bals de la rue de Lappe.

— Bien sûr, lui dis-je, Rose est folle, elle a la fièvre. Elle habite chez une de ses amies de la rue de Budapest.

Il me supplia de l'y mener au plus vite.

La chambre de Rose à l'hôtel M. était une salle des fêtes à côté de celle de son amie. Nous nous y débattîmes dans une pâte épaisse d'odeurs, de linge et de sentiments douteux. Les femmes étaient en chemise. Alfred gémissait par terre devant Rose et embrassait ses genoux. J'étais pâle. Rose tournait vers ma figure sa face barbouillée de fards et de larmes ; elle me tendait les bras : « Viens, criait-elle, retournons place Pigalle et vivons ensemble. Je suis sûre que c'est l'idée d'Alfred. S'pas, Alfred ? » ajoutait-elle en lui tirant les cheveux. Il gardait le silence.

Je devais suivre mon père à Toulon pour le mariage de ma cousine, fille du vice-amiral G. F. L'avenir m'apparaissait sinistre. J'annonçai ce voyage de famille à Rose, les déposai, elle et Alfred toujours muet, à l'hôtel de la place Pigalle et leur promis ma visite dès mon retour.

À Toulon, je m'aperçus qu'Alfred m'avait dérobé une petite chaîne d'or. C'était mon fétiche. Je la lui avais mise au poignet, j'avais oublié cette circonstance et il n'avait pris garde de m'en faire souvenir.

Lorsque je revins, que j'allai à l'hôtel et que j'entrai

dans la chambre, Rose me sauta au cou. Il faisait obscur. Au premier abord je ne reconnus pas Alfred.
Qu'avait-il donc de méconnaissable ?

La police écumait Montmartre. Alfred et Rose trem-
blaient à cause de leur nationalité douteuse. Ils
s'étaient procuré de faux passeports, s'apprêtaient à
prendre le large et Alfred, grisé par le romanesque du
cinématographe, s'était fait teindre les cheveux. Sous
cette chevelure d'encre sa petite figure blonde se détachait avec une précision anthropométrique. Je lui récla-
mai ma chaîne. Il nia. Rose le dénonça. Il se démenait,
sacrait, la menaçait, me menaçait et brandissait une
arme.

Je sautai dehors et descendis l'escalier quatre à
quatre, Alfred sur mes trousses.

En bas je hélai un taximètre. Je jetai mon adresse,
montai vite et, comme le taximètre démarrait, je tournai la tête.

Alfred se tenait immobile devant la porte de l'hôtel.
De grosses larmes coulaient sur ses joues. Il tendait les
bras ; il m'appelait. Sous ses cheveux mal teints, sa
pâleur était pitoyable.

J'eus envie de frapper aux vitres, d'arrêter le chauffeur. Je ne pouvais me résoudre devant cette détresse
solitaire à rejoindre lâchement le confort familial, mais
je pensai à la chaîne, à l'arme, aux faux passeports, à
cette fuite où Rose me demanderait de les suivre. Je
fermai les yeux. Et maintenant encore il me suffit de
fermer les yeux dans un taximètre pour que se forme la
petite silhouette d'Alfred en larmes sous sa chevelure
d'assassin.

L'amiral étant malade et ma cousine en voyage de
noces, je dus retourner à Toulon. Il serait fastidieux de
décrire cette charmante Sodome où le feu du ciel
tombe sans frapper sous la forme d'un soleil câlin. Le
soir, une indulgence encore plus douce inonde la ville
et, comme à Naples, comme à Venise, une foule de

fête populaire tourne sur les places ornées de fontaines, de boutiques clinquantes, de marchands de gaufres, de camelots. De tous les coins du monde, les hommes épris de beauté masculine viennent admirer les marins qui flânent seuls ou par groupes, répondent aux œillades par un sourire et ne refusent jamais l'offre d'amour. Un sel nocturne transforme le bagnard le plus brutal, le Breton le plus fruste, le Corse le plus farouche en ces grandes filles décolletées, déhanchées, fleuries, qui aiment la danse et conduisent leur danseur, sans la moindre gêne, dans les hôtels borgnes du port.

Un des cafés où l'on danse est tenu par un ancien chanteur de café-concert qui possède une voix de femme et s'exhibait en travesti. Maintenant il arbore un chandail et des bagues. Flanqué de colosses à pompon rouge qui l'idolâtrent et qu'il maltraite, il note, d'une grosse écriture enfantine, en tirant la langue, les consommations que sa femme annonce avec une naïve âpreté.

Un soir où je poussais la porte de cette étonnante créature que sa femme et ses hommes entourent de soins respectueux, je restai cloué sur place. Je venais d'apercevoir, de profil, appuyé contre le piano mécanique, le spectre de Dargelos. Dargelos en marin.

De Dargelos ce double avait surtout la morgue, l'allure insolente et distraite. On lisait en lettres d'or *Tapageuse* sur son bonnet basculé en avant jusqu'au sourcil gauche, un cache-col noir lui serrait le cou et il portait de ces pantalons à pattes qui permettaient jadis aux marins de les retrousser sur la cuisse et que les règlements actuels interdisent sous prétexte qu'ils symbolisent le souteneur.

Ailleurs, jamais je n'eusse osé me mettre sous l'angle de ce regard hautain. Mais Toulon est Toulon ; la danse évite le malaise des préambules, elle jette les inconnus dans les bras les uns des autres et prélude à l'amour.

Sur une musique pleine de frisettes et d'accroche-cœurs, nous dansâmes la valse. Les corps cambrés en arrière se soudent par le sexe, les profils graves baissent les yeux, tournant moins vite que les pieds qui tricotent et se plantent parfois comme un sabot de cheval. Les mains libres prennent la pose gracieuse qu'affecte le peuple pour boire un verre et pour le pisser. Un vertige de printemps exalte les corps. Il y pousse des branches, des duretés s'écrasent, des sueurs se mêlent, et voilà un couple en route vers les chambres à globes de pendules et à édredons.

Dépouillé des accessoires qui intimident un civil et du genre que les matelots affectent pour prendre du courage, *Tapageuse* devint un animal timide. Il avait eu le nez cassé dans une rixe par une carafe. Un nez droit pouvait le rendre fade. Cette carafe avait mis le dernier coup de pouce au chef-d'œuvre.

Sur son torse nu, ce garçon, qui me représentait la chance, portait PAS DE CHANCE, tatoué en majuscules bleues. Il me raconta son histoire. Elle était courte. Ce tatouage navrant la résumait. Il sortait de la prison maritime. Après la mutinerie de l'*Ernest-Renan* on l'avait confondu avec un collègue ; c'est pourquoi il avait les cheveux rasés, ce qu'il déplorait et lui allait à merveille. « Je n'ai pas de chance, répétait-il en secouant cette petite tête chauve de buste antique, et je n'en aurai jamais. »

Je lui passai au cou ma chaîne fétiche. « Je ne te la donne pas, lui dis-je, cela ne nous protégerait ni l'un ni l'autre, mais garde-la ce soir. » Ensuite, avec mon stylographe, je barrai le tatouage néfaste. Je traçai dessous une étoile et un cœur. Il souriait. Il comprenait, plus avec sa peau qu'avec le reste, qu'il se trouvait en sécurité, que notre rencontre ne ressemblait pas à celles dont il avait l'habitude : rencontres rapides où l'égoïsme se satisfait.

Pas de chance ! Était-ce possible ? Avec cette bouche, ces dents, ces yeux, ce ventre, ces épaules, ces muscles de fer, ces jambes-là ? Pas de chance avec

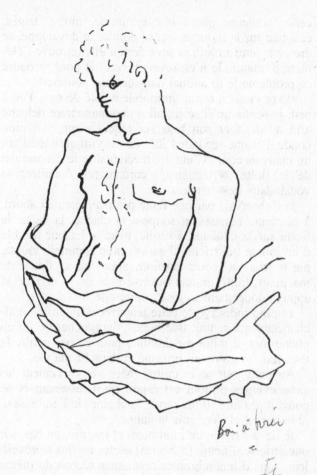

Bon à tirer

cette fabuleuse petite plante marine, morte, fripée, échouée sur la mousse, qui se déride, se développe, se dresse et jette au loin sa sève dès qu'elle retrouve l'élément d'amour. Je n'en revenais pas ; et pour résoudre ce problème je m'abîmai dans un faux sommeil.

PAS DE CHANCE restait immobile à côté de moi. Peu à peu, je sentis qu'il se livrait à une manœuvre délicate afin de dégager son bras sur lequel s'appuyait mon coude. Pas une seconde l'idée ne me vint qu'il méditait un mauvais coup. C'eût été méconnaître le cérémonial de la flotte. « Régularité, correction » émaillent le vocabulaire des matelots.

Je l'observais par une fente des paupières. D'abord, à plusieurs reprises, il soupesa la chaîne, la baisa, la frotta sur le tatouage. Ensuite, avec la lenteur terrible d'un joueur qui triche, il essaya mon sommeil, toussa, me toucha, m'écouta respirer, approcha sa figure de ma main droite grande ouverte près de la mienne et appuya doucement sa joue contre elle.

Témoin indiscret de cette tentative d'un enfant malchanceux qui sentait une bouée s'approcher de lui en pleine mer, il fallut me dominer pour ne pas perdre la tête, feindre un réveil brusque et démolir ma vie.

Au petit jour je le quittai. Mes yeux évitaient les siens chargés de tout cet espoir qu'il ressentait et ne pouvait pas dire. Il me rendit la chaîne. Je l'embrassai, je le bordai et j'éteignis la lampe.

Je devais rejoindre mon hôtel et inscrire, en bas, sur une ardoise, l'heure (5 heures) où les marins se réveillent, sous d'innombrables recommandations du même genre. Au moment de prendre la craie, je m'aperçus que j'avais oublié mes gants. Je remontai. L'imposte était lumineuse. On venait donc de rallumer la lampe. Je ne résistai pas à mettre mon œil au trou de serrure. Il encadrait baroquement une petite tête rasée.

PAS DE CHANCE, la figure dans mes gants, pleurait à chaudes larmes.

Dix minutes, j'hésitai, debout devant cette porte.

J'allais ouvrir, lorsque la figure d'Alfred se superposa de la manière la plus exacte à celle de PAS DE CHANCE. Je descendis l'escalier à pas de loup, demandai le cordon et claquai la porte. Dehors, une fontaine monologuait gravement sur la place vide. « Non, pensai-je, nous ne sommes pas du même règne. Il est déjà beau d'émouvoir une fleur, un arbre, une bête. Impossible de vivre avec. »

Le jour se levait. Des coqs chantaient sur la mer. Une fraîcheur sombre la dénonçait. Un homme déboucha d'une rue avec un fusil de chasse sur l'épaule. Je rentrai à l'hôtel en halant un poids énorme.

Dégoûté des aventures sentimentales, incapable de réagir, je traînais la jambe et l'âme. Je cherchais le dérivatif d'une atmosphère clandestine. Je la trouvai dans un bain populaire. Il évoquait le Satyricon avec ses petites cellules, sa cour centrale, sa pièce basse ornée de divans turcs où des jeunes gens jouaient aux cartes. Sur un signe du patron, ils se levaient et se rangeaient contre le mur. Le patron leur tâtait les biceps, leur palpait les cuisses, déballait leurs charmes intimes et les débitait comme un vendeur sa marchandise.

La clientèle était sûre de ses goûts, discrète, rapide. Je devais être une énigme pour cette jeunesse accoutumée aux exigences précises. Elle me regardait sans comprendre ; car je préfère le bavardage aux actes.

Le cœur et les sens forment en moi un tel mélange qu'il me paraît difficile d'engager l'un ou les autres sans que le reste suive. C'est ce qui me pousse à franchir les bornes de l'amitié et me fait craindre un contact sommaire où je risque de prendre le mal d'amour. Je finissais par envier ceux qui, ne souffrant pas vaguement de la beauté, savent ce qu'ils veulent, perfectionnent un vice, payent et le satisfont.

L'un ordonnait qu'on l'insulte, un autre qu'on le charge de chaînes, un autre (un moraliste) n'obtenait sa jouissance qu'au spectacle d'un hercule tuant un rat avec une épingle rougie au feu.

Combien en ai-je vu défiler de ces sages qui savent la recette exacte de leur plaisir et dont l'existence est simplifiée parce qu'ils se payent à date et à prix fixes une honnête, une bourgeoise complication ! La plupart étaient de riches industriels qui venaient du Nord délivrer leurs sens, rejoignaient ensuite leurs enfants et leurs femmes.

Finalement, j'espaçai mes visites. Ma présence commençait à devenir suspecte. La France supporte mal un rôle qui n'est pas tout d'une pièce. L'avare doit être toujours avare, le jaloux toujours jaloux. C'est le succès de Molière. Le patron me croyait de la police. Il me laissa entendre qu'on était clientèle ou marchandise. On ne pouvait combiner les deux.

Cet avertissement secoua ma paresse et m'obligea de rompre avec des habitudes indignes, à quoi s'ajoutait le souvenir d'Alfred flottant sur tous les visages des jeunes boulangers, bouchers, cyclistes, télégraphistes, zouaves, marins, acrobates et autres travestis professionnels.

Un de mes seuls regrets fut la glace transparente. On s'installe dans une cabine obscure et on écarte un volet. Ce volet découvre une toile métallique à travers laquelle l'œil embrasse une petite salle de bains. De l'autre côté, la toile était une glace si réfléchissante et si lisse qu'il était impossible de deviner qu'elle était pleine de regards.

Moyennant finances il m'arrivait d'y passer le dimanche. Sur les douze glaces des douze salles de bains, c'était la seule de cette sorte. Le patron l'avait payée fort cher et fait venir d'Allemagne. Son personnel ignorait l'observatoire. La jeunesse ouvrière servait de spectacle.

Tous suivaient le même programme. Ils se déshabillaient et accrochaient avec soin les costumes neufs. Désendimanchés, on devinait leur emploi aux charmantes déformations professionnelles. Debout dans la baignoire, ils se regardaient (me regardaient) et commençaient par une grimace parisienne qui découvre les gencives. Ensuite ils se frottaient une épaule, prenaient le savon et le faisaient mousser. Le savonnage se changeait en caresse. Soudain leurs yeux quittaient le monde, leur tête se renversait en arrière et leur corps crachait comme un animal furieux.

Je connaissais et admirais l'abbé X. Sa légèreté tenait du prodige. Il allégeait partout les choses lourdes. Il ne savait rien de ma vie intime, seulement il me sentait malheureux. Il me parla, me réconforta et me mit en contact avec de hautes intelligences catholiques.

J'ai toujours été croyant. Ma croyance était confuse. À fréquenter un milieu pur, à lire tant de paix sur les visages, à comprendre la sottise des incrédules, je m'acheminai vers Dieu. Certes, le dogme s'accordait mal avec ma décision de laisser mes sens suivre leur route, mais cette dernière période me laissait une amertume et une satiété où je voulus voir trop vite les preuves que je m'étais trompé de chemin. Tant d'eau, tant de lait, après des boissons scélérates, me découvraient un avenir de transparence et de blancheur. S'il me venait des scrupules, je les chassais en me rappelant Jeanne et Rose. Les amours normales, pensai-je, ne me sont pas interdites. Rien ne m'empêche de fonder une famille et de reprendre le droit chemin. Je cède, somme toute, à ma pente, par crainte d'effort. Sans effort rien de beau n'existe. Je lutterai contre le diable et je serai vainqueur.

Période divine ! L'Église me berçait. Je me sentais le fils adoptif d'une profonde famille. Le pain à chanter, le pain enchanté, transforme les membres en neige, en liège. Je montais vers le ciel comme un bouchon sur l'eau. À la messe, lorsque l'astre du sacrifice domine l'autel et que les têtes se baissent, je priais avec ardeur la Vierge de me prendre sous Sa sainte garde : « Je Vous salue, Marie, murmurai-je ; n'êtes-Vous pas la pureté même ? Peut-il s'agir avec Vous de préséances ou de décolletages ? Ce que les hommes croient indécent, ne le regardez-Vous pas comme nous regardons l'échange amoureux des pollens et des atomes ? J'obéirai aux ordres des ministres de Votre Fils sur la terre, mais je sais bien que Sa bonté ne s'arrête pas aux chicanes d'un père Sinistrarius et aux règles d'un vieux code criminel. Ainsi soit-il. »

Après une crise religieuse, l'âme retombe. C'est la minute délicate. Le vieil homme ne se dépouille pas aussi facilement que les couleuvres de cette robe légère accrochée aux églantines. C'est d'abord le coup de foudre, les fiançailles avec le Bien-Aimé. Ensuite, les noces et les devoirs austères.

Au début, tout se faisait dans une sorte d'extase. Un zèle prodigieux s'empare du néophyte. À froid, il devient dur de se lever et d'aller à l'église. Les jeûnes, les prières, les oraisons nous accaparent. Le diable, qui était sorti par la porte, rentre par la fenêtre, déguisé en rayon de soleil.

Faire son salut à Paris est impossible ; l'âme est trop distraite. Je décidai d'aller à la mer. Là, je vivrais entre l'église et une barque. Je prierais sur les vagues loin de toute distraction.

Je retins ma chambre à l'hôtel de T.

Dès le premier jour, à T., les conseils de la chaleur furent de jouir et de se dévêtir. Pour monter à l'église il fallait prendre des rues puantes et des marches. Cette église était déserte. Les pêcheurs n'y entraient pas. J'admirai l'insuccès de Dieu ; c'est l'insuccès des chefs-d'œuvre. Ce qui n'empêche pas qu'ils sont illustres et qu'on les craint.

Hélas ! j'avais beau dire, ce vide m'influençait. Je préférais ma barque. Je ramais le plus loin possible, et là je lâchais les rames, j'ôtais mon caleçon, je m'étalais, les membres en désordre.

Le soleil est un vieil amant qui connaît son rôle. Il

commence par vous plaquer partout des mains fortes.
Il vous enlace. Il vous empoigne, il vous renverse, et
soudain, il m'arrivait de revenir à moi, stupide, le
ventre inondé par un liquide pareil aux boules du gui.

J'étais loin de compte. Je me détestais. Je tentais
de me reprendre. Finalement, ma prière se réduisait à
demander à Dieu qu'il me pardonne : « Mon Dieu,
Vous me pardonnez, Vous me comprenez. Vous
comprenez tout. N'avez-Vous pas tout voulu, tout fait :
les corps, les sexes, les vagues, le ciel et le soleil qui,
aimant Hyacinthe, le métamorphosa en fleur. »

J'avais découvert pour mes baignades une petite
plage déserte. J'y tirais ma barque sur les cailloux et
me séchais dans le varech. Un matin, j'y trouvai un
jeune homme qui s'y baignait sans costume et me

demanda s'il me choquait. Ma réponse était d'une fran-
chise qui l'éclaira sur mes goûts. Bientôt nous nous
étendîmes côte à côte. J'appris qu'il habitait le village
voisin et qu'il se soignait à la suite d'une légère
menace de tuberculose.

Le soleil hâte la croissance des sentiments. Nous
brûlâmes les étapes et, grâce à de nombreuses rencontres en pleine nature, loin des objets qui distraient
le cœur, nous en vînmes à nous aimer sans avoir jamais
parlé d'amour. H. quitta son auberge et adopta mon
hôtel. Il écrivait. Il croyait en Dieu, mais affichait une
indifférence puérile pour le dogme. L'Église, répétait
cet aimable hérétique, exige de nous une prosodie
morale équivalente à la prosodie d'un Boileau. Avoir
un pied sur l'Église qui prétend ne pas bouger de place
et un pied sur la vie moderne, c'est vouloir vivre écar-
telé. À l'obéissance passive, j'oppose l'obéissance
active. Dieu aime l'amour. En nous aimant nous prou-
vons au Christ que nous savons lire entre les lignes
d'une indispensable sévérité de législateur. Parler aux
masses oblige d'interdire ce qui alterne le vulgaire et
le rare.

Il se moquait de mes remords qu'il traitait de faiblesse. Il réprouvait mes réserves. Je vous aime, répétait-il, et je me félicite de vous aimer.

Peut-être notre rêve eût-il pu durer sous un ciel où
nous vivions à moitié sur terre, à moitié dans l'eau,
comme les divinités mythologiques ; mais sa mère le
rappelait et nous décidâmes de revenir ensemble à
Paris.

Cette mère habitait Versailles et comme je demeu-
rais chez mon père, nous louâmes une chambre d'hôtel
où nous nous rencontrions chaque jour. Il avait de
nombreuses amitiés féminines. Elles ne m'inquiétaient
pas outre mesure, car j'avais souvent observé combien
les invertis goûtent la société des femmes, alors que
les hommes à femmes les méprisent beaucoup et, en

dehors de l'usage qu'ils en font, préfèrent le commerce des hommes.

Un matin qu'il me téléphonait de Versailles, je remarquai que cet appareil favorable au mensonge m'apportait une autre voix que d'habitude. Je lui demandai s'il parlait bien de Versailles. Il se troubla, se dépêcha de me donner rendez-vous à l'hôtel à quatre heures le jour même et coupa. Glacé jusqu'aux moelles, poussé par l'affreuse manie de savoir, je demandai le numéro de sa mère. Elle me répondit qu'il n'était pas rentré depuis plusieurs jours et qu'il couchait chez un camarade à cause d'un travail qui le retenait tard en ville.

Comment attendre jusqu'à quatre heures ? Mille circonstances qui n'attendaient qu'un signe pour sortir de l'ombre devinrent des instruments de supplice et se mirent à me torturer. La vérité me sautait aux yeux. Mme V., que je croyais une camarade, était sa maîtresse. Il la rejoignait le soir et passait la nuit chez elle. Cette certitude m'enfonçait dans la poitrine une patte de fauve. J'avais beau voir clair, j'espérais encore qu'il trouverait une excuse et saurait fournir les preuves de son innocence.

À quatre heures, il avoua que jadis il avait aimé des femmes et qu'il y revenait, sous l'empire d'une force invincible ; je ne devais pas avoir de peine ; c'était autre chose ; il m'aimait, il se dégoûtait, il n'y pouvait rien ; chaque sanatorium était rempli de cas analogues. Il fallait mettre ce dédoublement du sexe sur le compte de la tuberculose.

Je lui demandai de choisir entre les femmes et moi. Je croyais qu'il allait répondre qu'il me choisissait et s'efforcerait de renoncer à elles. Je me trompais. « Je risque, répondit-il, de promettre et de manquer de parole. Mieux vaut rompre. Tu souffrirais. Je ne veux pas que tu souffres. Une rupture te fera moins de mal qu'une fausse promesse et que des mensonges. »

J'étais debout contre la porte et si pâle qu'il eut peur.

« Adieu, murmurai-je d'une voix morte, adieu. Tu remplissais mon existence et je n'avais plus rien d'autre à faire que toi. Que vais-je devenir ? Où vais-je aller ? Comment attendrai-je la nuit et après la nuit le jour et demain et après-demain et comment passerai-je les semaines ? » Je ne voyais qu'une chambre trouble, mouvante à travers mes larmes, et je comptais sur mes doigts avec un geste d'idiot.

Soudain, il se réveilla comme d'une hypnose, sauta du lit où il se rongeait les ongles, m'enlaça, me demanda pardon et me jura qu'il envoyait les femmes au diable.

Il écrivit une lettre de rupture à Mme V. qui simula un suicide en absorbant un tube de comprimés pour dormir, et nous habitâmes trois semaines la campagne sans laisser d'adresse. Deux mois passèrent ; j'étais heureux.

C'était la veille d'une grande fête religieuse. J'avais coutume, avant de me rendre à la Sainte Table, d'aller me confesser à l'abbé X. Il m'attendait presque. Je le prévins dès la porte que je ne venais pas me confesser, mais me raconter ; et que, hélas ! son verdict m'était connu d'avance.

— Monsieur l'abbé, lui demandai-je, m'aimez-vous ? — Je vous aime. — Seriez-vous content d'apprendre que je me trouve enfin heureux ? — Très content. — Eh bien, apprenez que je suis heureux, mais d'une sorte que désapprouvent l'Église et le monde, car c'est l'amitié qui me rend heureux et l'amitié n'a pour moi aucune borne. L'abbé m'interrompit : « Je crois, dit-il, que vous êtes victime de scrupules. — Monsieur l'abbé, je ne ferai pas à l'Église l'offense de croire qu'elle s'arrange et qu'elle fraude. Je connais le système des *amitiés excessives*. Qui trompe-t-on ? Dieu me regarde. Mesurerai-je au centimètre la pente qui me sépare du péché. »

— Mon cher enfant, me dit l'abbé X. dans le vestibule, s'il ne s'agissait que de risquer ma place au ciel, je ne risquerais pas grand'chose, car je crois que la bonté de Dieu dépasse ce qu'on imagine. Mais il y a ma place sur la terre. Les Jésuites me surveillent beaucoup.

Nous nous embrassâmes. En rentrant chez moi, le long des murs par-dessus lesquels retombe l'odeur des jardins, je pensai combien l'économie de Dieu est admirable. Elle donne l'amour lorsqu'on en manque et, pour éviter un pléonasme du cœur, le refuse à ceux qui le possèdent.

Un matin je reçus une dépêche. « *Sois sans inquiétude. Parti voyage avec Marcel. Télégraphierai retour.* »

Cette dépêche me stupéfia. La veille, il n'était pas question de voyage. Marcel était un ami dont je ne pouvais craindre aucune traîtrise, mais que je savais assez fou pour décider en cinq minutes un voyage, sans réfléchir combien son partenaire était fragile et qu'une fugue à l'improviste risquait de devenir dangereuse.

J'allai sortir et me renseigner auprès du domestique de Marcel lorsqu'on sonna et qu'on introduisit Miss R., décoiffée, hagarde et criant : « Marcel nous l'a volé ! Il faut agir ! En marche ! Que faites-vous là, planté comme une bûche ? Agissez ! Courez ! Vengez-nous ! Le misérable ! » Elle se tordait les bras, arpentait la pièce, se mouchait, relevait des mèches, s'accrochait aux meubles, déchirant des lambeaux de sa robe.

La peur que mon père n'entendît et ne vînt m'empêcha de comprendre tout de suite ce qui m'arrivait. Soudain, la vérité se fit jour et, dissimulant mon angoisse, je poussai la folle vers l'antichambre en lui expliquant qu'on ne me trompait pas, qu'il n'existait entre nous que de l'amitié, que j'ignorais complètement l'aventure dont elle venait de faire bruyamment l'étalage.

— Quoi, continuait-elle à tue-tête, vous ignorez que cet enfant m'adore et vient me rejoindre toutes les nuits ? Il vient de Versailles et il y retourne avant l'au-

be ! J'ai eu d'épouvantables opérations ! Mon ventre
n'est que cicatrices ! Eh bien, ces cicatrices, sachez
qu'il les embrasse, qu'il pose sa joue contre elles pour
dormir.

Inutile de noter les transes où me jeta cette visite.
Je recevais des télégrammes : *« Vive Marseille ! »* ou
« Partons Tunis ».

Le retour fut terrible. H. croyait être grondé comme
un enfant après une farce. Je priai Marcel de nous laisser seuls et je lui jetai Miss R. à la face. Il nia. J'insis-
tai. Il nia. Je le brusquai. Il nia. Enfin, il avoua et je le
rouai de coups. La douleur me grisait. Je frappais
comme une brute. Je lui prenais la tête par les oreilles
et la cognais contre le mur. Un filet de sang coula au
coin de sa bouche. En une seconde, je me dégrisai.
Fou de larmes, je voulus embrasser ce pauvre visage
meurtri. Mais je ne rencontrai qu'un éclair bleu sur
lequel les paupières se rabattirent douloureusement.

Je tombai à genoux au coin de la chambre. Une
scène pareille épuise les ressources profondes. On se
casse comme un pantin.

Tout à coup je sentis une main sur mon épaule. Je
levai la tête et je vis ma victime qui me regardait, glissait par terre, m'embrassait les doigts, les genoux en
suffoquant et en gémissant : « Pardon, pardon ! Je suis
ton esclave. Fais de moi ce que tu veux. »

Il y eut un mois de trêve. Trêve lasse et douce après
l'orage. Nous ressemblions à ces dahlias, imbibés
d'eau, qui penchent. H. avait mauvaise mine. Il était
pâle et restait souvent à Versailles.

Alors que rien ne me gêne s'il s'agit de parler des
rapports sexuels, une pudeur m'arrête au moment de
peindre les tortures dont je suis capable. J'y consacre-
rai donc quelques lignes et n'y reviendrai plus.
L'amour me ravage. Même calme, je tremble que ce
calme ne cesse et cette inquiétude m'empêche d'y goû-

ter aucune douceur. Le moindre accroc emporte toute la pièce. Impossible de ne pas mettre les choses au pire. Rien ne m'empêche de perdre pied alors qu'il ne s'agissait que d'un faux pas. Attendre est un supplice ; posséder en est un autre par crainte de perdre ce que je tiens.

Le doute me faisait passer des nuits de veille à marcher de long en large, à me coucher par terre, à souhaiter que le plancher s'enfonce, s'enfonce éternellement. Je me promettais de ne pas ouvrir la bouche sur mes craintes. Sitôt en la présence de H., je le harcelais de pointes et de questions. Il se taisait. Ce silence me transportait de fureur ou me jetait dans les larmes. Je l'accusais de me haïr, de vouloir ma mort. Il savait trop que répondre était inutile et que je recommencerais le lendemain.

Nous étions en septembre. Le douze novembre est une date que je n'oublierai de ma vie. J'avais rendez-vous à six heures à l'hôtel. En bas, le propriétaire m'arrêta et me raconta, au comble de la gêne, qu'il y avait eu descente de police dans notre chambre et que H. avait été emmené à la Préfecture, avec une grosse valise, dans une voiture contenant le commissaire de la brigade mondaine, et des agents en civil. « La police ! m'écriais-je, mais pourquoi ? » Je téléphonai à des personnes influentes. Elles se renseignèrent et j'appris la vérité que me confirma vers huit heures H. accablé, relâché après son interrogatoire.

Il me trompait avec une Russe qui le droguait. Mise en garde contre une descente, elle lui avait demandé de prendre à l'hôtel son matériel de fumeuse et ses poudres. Un apache qu'il avait ramené et auquel il s'était confié n'avait rien eu de plus pressé que de le vendre. C'était un indicateur de police. Ainsi, du même coup, j'apprenais deux trahisons de basse espèce. Sa déconfiture me désarma. Il avait crâné à la Préfecture et, sous prétexte qu'il en avait l'habitude, fumé par terre pendant son interrogatoire devant le personnel stupéfait. Maintenant il ne restait qu'une loque. Je ne pouvais lui faire un reproche. Je le suppliai de renoncer aux drogues. Il me répondit qu'il le voulait, mais que l'intoxication était trop avancée pour revenir en arrière.

Le lendemain on me téléphona de Versailles qu'après une hémoptysie on l'avait transporté d'urgence à la maison de santé de la rue B.

Il occupait la chambre 55 au troisième étage. Lorsque j'entrai, il eut à peine la force de tourner la tête vers moi. Son nez s'était légèrement busqué. D'un œil morne il fixait ses mains transparentes. « Je vais t'avouer mon secret, me dit-il, lorsque nous fûmes seuls. Il y avait en moi une femme et un homme. La femme t'était soumise ; l'homme se révoltait contre cette soumission. Les femmes me déplaisent, je les recherchais pour me donner le change et me prouver que j'étais libre. L'homme fat, stupide, était en moi l'ennemi de notre amour. Je le regrette. Je n'aime que toi. Après ma convalescence je serai neuf. Je t'obéirai sans révolte et je m'emploierai à réparer le mal que j'ai fait. »

La nuit je ne pus dormir. Vers le matin je m'endormis quelques minutes et je fis un rêve.

J'étais au cirque avec H. Ce cirque devint un restaurant composé de deux petites pièces. Dans l'une, au piano, un chanteur annonça qu'il allait chanter une chanson nouvelle. Le titre était le nom d'une femme qui régnait sur la mode en 1900. Ce titre après le préambule était une insolence en 1926. Voici la chanson :

> *Les salades de Paris*
> *Se promènent à Paris.*
> *Il y a même une escarole*
> *Ma parole*
> *Une escarole de Paris.*

La vertu magnifiante du rêve faisait de cette chanson absurde quelque chose de céleste et d'extraordinairement drôle.

Je me réveillai. Je riais encore. Ce rire me sembla de bonne augure. Je ne ferais pas, pensai-je, un rêve aussi ridicule si la situation était grave. J'oubliais que les fatigues de la douleur donnent parfois naissance aux rêves ridicules.

Rue B., j'allais ouvrir la porte de la chambre lorsqu'une infirmière m'arrêta et me renseigna d'une voix froide : « Le 55 n'est plus dans sa chambre. Il est à la chapelle. »

Comment trouvai-je la force de tourner les talons et de descendre ? Dans la chapelle, une femme priait auprès d'une dalle où le cadavre de mon ami était étendu.

Qu'il était calme, ce cher visage que j'avais frappé ! Mais que lui faisait maintenant le souvenir des coups, des caresses ? Il n'aimait plus ni sa mère, ni les femmes, ni moi, ni personne. Car la mort seule intéresse les morts.

Dans mon affreuse solitude, je ne pensais pas retourner à l'Église ; il serait trop facile d'employer l'hostie comme un remède et de prendre à la Sainte Table un ressort négatif, trop facile de nous tourner vers le ciel chaque fois que nous perdons ce qui nous enchantait sur la terre.

Restait la ressource du mariage. Mais si je n'espérais pas faire un mariage d'amour, j'eusse trouvé déshonnête de duper une jeune fille.

J'avais connu à la Sorbonne Mlle de S. qui me plaisait par son allure garçonnière et dont je m'étais souvent dit que, s'il fallait me marier, je la préférerais à toute autre. Je renouai nos liens, fréquentai la maison d'Auteuil où elle habitait avec sa mère, et, peu à peu nous en vînmes à considérer le mariage comme une chose possible. Je lui plaisais. Sa mère craignait de la voir rester vieille fille. Nous nous fiançâmes sans effort.

Elle avait un jeune frère que je ne connaissais pas parce qu'il terminait ses études dans un collège de Jésuites auprès de Londres. Il revint. Comment n'avais-je pas deviné la nouvelle malice du sort qui me persécute et qui dissimule sous d'autres aspects un destin toujours pareil ? Ce que j'aimais chez la sœur éclatait chez le frère. Au premier coup d'œil, je compris le drame et qu'une douce existence me demeurerait interdite. Je ne fus pas long à apprendre que, de son côté, ce frère, instruit par l'école anglaise, avait eu à mon contact un véritable coup de foudre. Ce jeune homme s'adorait. En m'aimant il se trompait lui-même. Nous nous vîmes en cachette et en vînmes à ce qui était fatal.

L'atmosphère de la maison se chargea d'électricité méchante. Nous dissimulions notre crime avec adresse, mais cette atmosphère inquiétait d'autant plus ma fiancée qu'elle n'en soupçonnait pas l'origine. À la longue, l'amour que son frère me témoignait se mua en passion. Peut-être cette passion cachait-elle un secret besoin de détruire ? Il haïssait sa sœur. Il me suppliait de reprendre ma parole, de rompre le mariage. Je freinai de mon mieux. J'essayai d'obtenir un calme relatif qui ne faisait que retarder la catastrophe.

Un soir où je venais rendre visite à sa sœur, j'entendis des plaintes à travers la porte. La pauvre fille gisait à plat ventre par terre, un mouchoir dans la bouche et les cheveux épars. Debout devant elle, son frère lui criait : « Il est à moi ! à moi ! à moi ! puisqu'il est trop lâche pour te l'avouer, c'est moi qui te l'annonce ! »

Je ne pus supporter cette scène. Sa voix et ses regards étaient si durs que je le frappai au visage. « Vous regretterez toujours ce geste », s'écria-t-il, et il s'enferma.

Tandis que je m'efforçais de ranimer notre victime, j'entendis un coup de feu. Je me précipitai. J'ouvris la porte de la chambre. Trop tard. Il gisait au pied d'une armoire à glace sur laquelle, à hauteur du visage, on voyait encore la marque grasse des lèvres et le brouillard dépoli de la respiration.

Je ne pouvais plus vivre en ce monde où me guettaient la malchance et le deuil. Il m'était impossible de recourir au suicide à cause de ma foi. Cette foi et le trouble où je restais depuis l'abandon des exercices religieux me conduisirent à l'idée de monastère.

L'abbé X., à qui je demandai conseil, me dit qu'on ne pouvait prendre ces décisions en hâte, que la règle était très rude et que je devrais essayer mes forces par une retraite à l'abbaye de M. Il me confierait une lettre pour le Supérieur et lui expliquerait les motifs qui faisaient de cette retraite autre chose qu'un caprice de dilettante.

Lorsque j'arrivai à l'abbaye, il gelait. La neige fondue se transformait en pluie froide et en boue. Le portier me fit conduire par un moine auprès duquel je marchais en silence sous les arcades. Comme je l'interrogeais sur l'heure des offices et qu'il me répondait, je tressaillis. Je venais d'entendre une de ces voix qui, mieux que des figures ou des corps, me renseignent sur l'âge et sur la beauté d'un jeune homme.

Il baissa son capuchon. Son profil se découpait sur le mur. C'était celui d'Alfred, de H., de Rose, de Jeanne, de Dargelos, de PAS DE CHANCE, de Gustave et du valet de ferme.

J'arrivai sans forces devant la porte du cabinet de Don Z.

L'accueil de Don Z. fut chaleureux. Il avait déjà une lettre de l'abbé X. sur sa table. Il congédia le jeune moine. « Savez-vous, me dit-il, que notre maison manque de confort et que la règle est très dure ? — Mon père, répondis-je, j'ai des raisons de croire que cette règle est encore trop douce pour moi. Je bornerai ma démarche à cette visite et je garderai toujours le souvenir de votre accueil. »

Oui, le monastère me chassait comme le reste. Il fallait donc partir, imiter ces Pères blancs qui se consument dans le désert et dont l'amour est un pieux suicide. Mais Dieu permet-il même qu'on le chérisse de la sorte ?

C'est égal, je partirai et je laisserai ce livre. Si on le trouve, qu'on l'édite. Peut-être aidera-t-il à comprendre qu'en m'exilant je n'exile pas un monstre, mais un homme auquel la société ne permet pas de vivre puisqu'elle considère comme une erreur un des mystérieux rouages du chef-d'œuvre divin.

Au lieu d'adopter l'évangile de Rimbaud : *Voici le temps des assassins*, la jeunesse aurait mieux fait de retenir la phrase : *L'amour est à réinventer*. Les expériences dangereuses, le monde les accepte dans le domaine de l'art parce qu'il ne prend pas l'art au sérieux, mais il les condamne dans la vie.

Je comprends fort bien qu'un idéal de termites comme l'idéal russe, qui vise au pluriel, condamne le singulier sous une de ses formes les plus hautes. Mais on n'empêchera pas certaines fleurs et certains fruits de n'être respirés et mangés que par les riches.

Un vice de la société fait un vice de ma droiture. Je me retire. En France, ce vice ne mène pas au bagne à cause des mœurs de Cambacérès et de la longévité du Code Napoléon. Mais je n'accepte pas qu'on me tolère. Cela blesse mon amour de l'amour et de la liberté.

LE NUMÉRO BARBETTE

1947

En octobre 1923, Jean Cocteau écrit à Valentine
Hugo son enthousiasme pour le numéro, au Casino de
Paris, d'un jeune artiste américain, Vander Clyde, dit
Barbette, qui « fait le trapèze habillé en femme... dix
minutes inoubliables... un ange, une fleur, un oiseau ».
Le texte présenté ici parut dans le numéro de juin 1926
de la Chronique des spectacles *dirigée par Drieu la*
Rochelle à la N.R.F.
Barbette avait mis au point, dans la tradition du
cirque, un exercice acrobatique où le travestissement,
qui n'était révélé qu'au final, était d'une étrange et
surprenante beauté.
Cocteau signale que l'idée d'une très belle jeune
femme dans le rôle de la mort, dans Orphée, *en 1950,*
lui avait été inspirée par la fascination qu'exerça sur
son esprit ce travesti trapéziste funambule.

Voilà deux ans que je refuse d'écrire quelques lignes sur le numéro Barbette. J'ai trop suivi les cours du music-hall ; j'y retrouve la Sorbonne. J'ajoute que le music-hall m'agace avec sa façon arrogante de mettre nos recherches au point et cet air d'aller plus vite que tout le monde. Mais le numéro Barbette est exceptionnel.

Le génie est un cadeau du ciel. Le soin seul nous incombe de lui fabriquer un véhicule, puisqu'il nous faut, jusqu'à nouvel ordre, jouer notre fluide par la bande et hypnotiser faiblement le monde par l'entremise de l'art. Cela limite le rôle d'artiste à celui de main-d'œuvre. La vie et ses horreurs se chargent du reste. On a honte de savoir si mal son métier en face de certains spécialistes, et je n'ai cru pouvoir me permettre d'écrire une pièce (*Orphée*) qu'après sept ans d'études, sous prétexte de pantomimes et d'adaptations. Je me faisais la main. C'est vous dire ma reconnaissance au numéro Barbette, une extraordinaire leçon de métier théâtral.

Ce paragraphe expliquera un enthousiasme que les Parisiens spirituels et les dilettantes durent mettre sur le compte de la fantaisie avec laquelle ils confondent toujours nos entreprises de casse-cou.

Barbette est un jeune Américain de vingt-quatre ans, d'aspect un peu bossu comme les oiseaux, de démarche un peu infirme (sans doute à cause de mains et de pieds très petits). D'une chute de trapèze lui reste la cicatrice qui retrousse sa lèvre supérieure sur une dentition désordonnée. Seule l'étonnante arcade sourcilière qui surmonte des yeux inhumains signale à l'attention sa personne, aussi anonyme que l'était, en ville, Nijinsky.

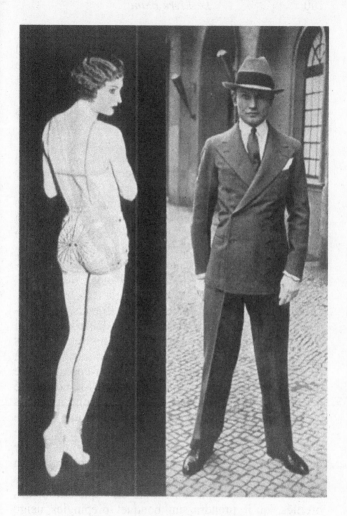

Barbette. Photographies de Man Ray.

Partageons vers six heures le sandwich, l'œuf dur de notre acrobate, et accompagnons-le dans sa loge où il arrive à huit heures (il passe à onze) avec cette conscience, inconnue des comédiens de chez nous, et propre aux clowns, aux mimes annamites, aux danseuses cambodgiennes qu'on coud chaque soir dans leur costume d'or.

Barbette déniaise la fable grecque des jeunes hommes changés en arbres, en fleurs. Il en supprime la féerie facile.

Nous allons suivre en pleine lumière, au ralenti, les phases d'une métamorphose dont Man-Ray voulut bien fixer pour moi quelques progrès significatifs ; entre autres lorsque Barbette, avec sa tête de femme, contredite par son torse nu et sanglé de trousses de cuir, ressemble beaucoup aux Apollon des bandagistes.

Cette loge ne m'intimidait pas. Je fumais, je bavardais chez un camarade sportif qui se débarbouille, qui étale à pleines mains du gras sur sa figure. Des girls entrent, poussent un petit cri et disparaissent jusqu'à ce que Barbette, passant un peignoir-éponge, aille ouvrir la porte, échanger quelques mots. Même achevé son maquillage, aussi précieux qu'une boîte à pastels toute neuve, ses mâchoires recouvertes d'une gomme d'émail qui miroite, son corps frotté de plâtre irréel, ce drôle de jeune diable, de Saint-Just en rêve, de cocher de la mort, restera un homme, relié à son double par un cheveu. C'est seulement lorsqu'il coiffera sa perruque blonde, maintenue par un simple élastique autour des oreilles, qu'il prendra, un bouquet d'épingles neige dans la bouche, les moindres poses d'une femme qui se coiffe. Il se lève, il marche, il met ses bagues. La métamorphose est faite. Jeckyll est Hyde. Oui, Hyde ! Car j'ai peur. Je me détourne. J'écrase ma cigarette. J'ôte mon chapeau. C'est mon tour d'être intimidé. La porte s'ouvre, les girls ne se gênent plus ; elles entrent et sortent comme chez elles, s'asseyent, se poudrent, parlent chiffons.

L'habilleuse passe la robe, frise les plumes, agrafe le corsage (des bretelles de tulle qui ne cachent même pas l'absence de seins) et le cortège : habilleuse, visiteurs, girls, prend l'escalier où Barbette redevient un garçon déguisé pour faire une farce, empêtré dans ses jupes, tenté de descendre sur la rampe à califourchon.

Homme il reste sur le plateau lorsqu'il visite ses appareils, s'exerce les jambes, grimace dans le feu des projecteurs, se pend aux fils, grimpe aux échelles. Aussitôt la question du danger réglée, la femme réapparaît. Une femme du monde qui jette un dernier coup d'œil sur son salon avant le bal, tapote les coussins, arrange les vases et les lampes.

L'orchestre prélude. Allons prendre place et voir Barbette comme n'importe quel spectateur.

Le rideau s'écarte sur un décor utile : fil de fer entre deux supports, système de trapèze et d'anneaux pendus au cadre de la scène. Au fond, divan recouvert d'une peau d'ours blanc sur lequel, entre l'exercice de fil et l'exercice de trapèze, Barbette, enlevant sa robe gênante, jouera une petite scène scabreuse, véritable chef-d'œuvre de pantomime, où, parodiant, résumant toutes les femmes qu'il a étudiées, il devient la femme-type au point d'éteindre les plus jolies personnes qui le précèdent ou le suivent sur l'affiche. Car, ne l'oubliez pas, nous sommes dans cette lumière magique du théâtre, dans cette boîte à malice où le vrai n'a plus cours, où le naturel n'a plus aucune valeur, où les petites tailles s'allongent, les hautes statures rapetissent, où des tours de cartes et de passe-passe, dont le public ne soupçonne pas la difficulté, parviennent seuls à tenir le coup. Ici Barbette sera la femme comme Guitry était le « général russe ». Il me fera comprendre que les grands pays et les grandes civilisations ne confiaient pas, seulement par décence, les rôles de femmes à des hommes. Il nous rappellera François Fratellini m'expliquant, alors que je m'épuisais à ne pouvoir rien obtenir d'un clown anglais, dans le rôle du bookmaker du « Bœuf sur le Toit », qu'un Anglais ne pouvait pas faire l'Anglais ; et ce mot de Réjane : « Quand je joue une mère, par exemple, il faut que j'oublie Jacques. Il faut quelquefois que je m'imagine être un homme tenant un rôle de femme, pour sauter la rampe ». Quel recul ! quels efforts ! Quelles leçons de métier ! À les entendre, à voir Nijinsky ou Pawlowa râlant après une danse comme des boxeurs à moitié morts, à connaître cette atmosphère de navire perdu des coulisses pendant qu'un aimable ballet se déroule, j'ai appris les secrets de la scène.

Lorsque Barbette entre, il jette sa poudre aux yeux. Il la jette d'un coup, d'une telle poigne, qu'il va pouvoir se permettre de ne plus penser qu'au travail d'équilibriste. Dès lors ses gestes d'homme le serviront au lieu de le vendre. Il aura l'air d'une de ces amazones qui nous éblouissent aux pages réclames des magazines américains. Pendant la scène du divan, il lance de nouveau une poignée de poudre, car il lui faudra ensuite sa liberté de gestes complète pour se balancer entre la scène et la salle, se pendre par un pied, imiter la chute, présenter à l'envers sa figure d'ange fou, rejoindre les deux ombres qui grandissent lorsque son trapèze l'emporte.

En entrant, et là, au-dessus des têtes, et lorsqu'il retombe à terre, même lorsqu'il sautille, il aura l'air peu féminin.

On pense à ces peintres florentins qui firent poser des jeunes gens pour la tête des madones et à Proust

lorsqu'il brouille les sexes avec une ruse et une maladresse qui donnent à ses personnages un prestige mystérieux.

La raison du succès de Barbette vient de ce qu'il
s'adresse à l'instinct de plusieurs salles en une et
groupe obscurément des suffrages contradictoires. Car
il plaît à ceux qui voient en lui la femme, à ceux qui
devinent en lui l'homme, et à d'autres dont l'âme est
émue par le sexe surnaturel de la beauté.

Barbette bouge en silence. Malgré l'orchestre qui
accompagne sa démarche, ses grâces et ses exercices
périlleux, son numéro semble vu de très loin, se faire
dans les rues du rêve, dans un lieu d'où les sons ne
peuvent s'entendre, être amené là par un télescope ou
par le sommeil.

Le cinématographe a détrôné la sculpture réaliste.
Ses personnages de marbre, ses grandes têtes pâles,
ses volumes aux ombres, aux éclairages superbes, toute
cette humanité abstraite, cette inhumanité silencieuse,
remplacent ce que l'œil demandait jadis aux statues.
Barbette relève de ces statues qui bougent. Même lorsqu'on le connaît, il ne peut perdre son mystère. Il
demeure un modèle de plâtre, un mannequin de cire,
le buste vivant qui chantait sur un socle drapé de
velours chez Robert Houdin.

Sa solitude est celle d'Œdipe, d'un œuf de Chirico
au premier plan d'une ville, un jour d'éclipse. D'ailleurs, je laisse aux poètes le soin de comparer, d'ima-
ger la ravissante créature. En moi, c'est l'ouvrier qui
cherche son mécanisme et qui le démonte comme
Edgar Poe le Turc joueur d'échecs de Maëlzel.

Au bout de ce mensonge inoubliable, quelle ne serait
pas la culbute de certains esprits, si Barbette ôtait purement et simplement sa perruque. Il l'ôte, me dites-
vous, après cinq rappels, et la culbute a lieu. On entend
même une rumeur. On voit des gênes, des figures

rouges. C'est entendu. Car, après avoir récolté son succès de gymnaste et provoqué une légère syncope, il faut bien qu'il récolte son succès de comédien. Mais voyez le dernier tour de force : redevenir l'homme, tourner le film à l'envers ne suffit pas. Encore faut-il que la vérité soit traduite et garde un relief qui se puisse maintenir sur la même ligne que le mensonge. C'est pourquoi Barbette, sitôt sa perruque arrachée, « interprète un rôle d'homme », roule des épaules, étale ses mains, gonfle ses muscles, exagère la démarche sportive d'un joueur de golf.

Et quelle malice pour perfectionner cette machine de sortilèges, d'émotions, de trompe l'âme et trompe les sens, lorsque, le rideau écarté pour la quinzième fois, l'ex-Barbette cligne de l'œil, saute d'une jambe sur l'autre, ébauche un geste d'excuse, exécute toute une petite danse de gamin des rues, afin d'effacer le souvenir de fable, d'obsèques du cygne que laisse le numéro, qu'il connaît bien sans l'avoir prémédité, et qui semble une faute de goût à sa modestie parfaite de travailleur.

Toutes les âmes en désordre, malades, désespérées, épuisées par les forces qui nous menacent en deçà et au-delà de la mort, trouvent du repos dans un contour. Après des années d'américanisme, vague où la capitale des États-Unis nous hypnotisait, les mains hautes, comme un revolver, le numéro Barbette me montre enfin le vrai New York, avec les plumes d'autruche de sa mer et de ses usines, ses immeubles en tulle, sa précision, sa voix de sirène, ses parures, ses aigrettes d'électricité.

Jean Cocteau
1926.

LA JEUNESSE ET LE SCANDALE

1926

Conférence de Jean Cocteau donnée le 27 février 1925. Il fut très attentif à la jeunesse et à l'écoute des jeunes écrivains qui sollicitaient son avis ou son aide. « Rien de plus inepte que les motifs qu'on impute à mon goût de la jeunesse. Ses figures m'attirent pour ce qu'elles expriment. Ce genre de beauté n'inspire que du respect [...] Bien sûr qu'elle est mythomane. Bien sûr qu'elle est sans-gêne. Bien sûr qu'elle nous mange du temps. Et puis après ? » (La Difficulté d'être)

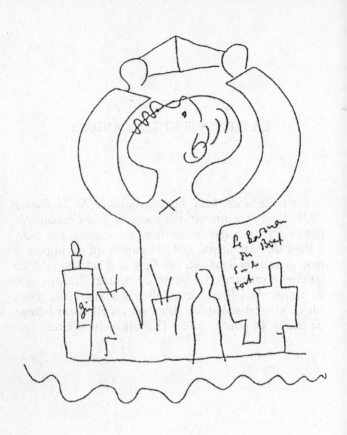

gin

Le Barman
du
sait
tort

Lorsque, le 3 mai de l'année dernière, l'Association Internationale des Étudiants voulut bien me choisir pour inaugurer des causeries dites « d'avant-garde » au Collège de France, je ressentis un trouble extrême. Ce trouble avait plusieurs causes. D'abord serai-je digne du choix ? Ensuite oserai-je prendre la parole dans un lieu sacré, qui, par miracle, consentait pour la première fois à ouvrir ses portes.

Ensuite je vous avouerai que la Sorbonne et ses environs, des gradins à pic, une lampe Carcel, un tableau noir, la craie, l'éponge, réveillent en moi des souvenirs pénibles, des souvenirs de Baccalauréat.

Ce fut le comble quand le président de l'Association, Robert Aron, m'emmena rendre visite à M. Maurice Croizet.

Il avait d'abord voulu me photographier dans la cour. Le concierge l'en empêcha. C'était, nous dit-il, défendu de sortir un appareil dans la cour du Collège de France. On n'en autorisait l'usage que dans les classes.

Nous prîmes un escalier où je retrouvai à chaque marche les malaises d'un mauvais élève qui monte chez le proviseur.

Une surprise m'attendait en haut. Dans une vaste chambre très claire nous trouvâmes un homme délicieux.

La profonde connaissance de l'esprit grec donne à certains vieillards un respect que la France n'a jamais eu pour les choses de la jeunesse.

M. Maurice Croizet nous mit à l'aise, nous traita sans la moindre morgue, me pria de lui éclairer le sens du titre de ce qu'il nommait en souriant mon « cours du soir » (c'était : *D'un ordre considéré comme une anarchie*) et comme je le remerciais de son accueil et que je lui cachais mal mon étonnement. « Ce n'est pas nous qu'il faut craindre, me répondit-il, mais plutôt nos jeunes gens. Ils ont la tête dure. La jeunesse a encore des routines que la vieillesse n'a plus. Méfiez-vous. »

C'était tomber de Charybde en Scylla. Je redoutais l'intermédiaire entre mon travail et mes auditeurs. Or, voilà que le moins terrible intermédiaire du monde me signalait un péril nouveau. Je me souvins, qu'en effet, il est courant de voir un professeur jeune, moins fade que d'autres, fort mal accueilli par les élèves. S'ils viennent travailler, rien ne les dérange plus que l'imagination. Ils exigent des faits. Le reste est du temps perdu. Ils ne le prennent pas au sérieux.

— Voulez-vous donc être pris au sérieux ? me demanda Aron en redescendant l'escalier.

— Diable, non, lui répondis-je. Vous savez ce que je pense du sérieux. C'est le commencement de la mort.

— Soyez donc calme, dit-il. Mes camarades veulent que les maîtres leur enseignent juste de quoi répondre aux examens. Le plaisir n'a que faire avec la classe. Rien ne les oblige à vous entendre. Ils demandent que vous leur appreniez des choses sur lesquelles ils s'interrogent eux-mêmes. Un tout autre intérêt se trouve en jeu.

Mais ce n'était pas fini de m'inquiéter. Je questionnai encore : Pourquoi le Collège de France accepte-t-il d'ouvrir ses portes, un beau jour, à un conférencier qui ne possède pas le moindre titre officiel ? Parce que, me répondit Robert Aron en riant, on n'a jamais pensé à le lui demander, depuis 1530. La jeunesse se forme un tel monstre de l'étroitesse d'esprit du milieu universitaire qu'elle croit qu'il est inutile de tenter le moindre effort. Avouez qu'elle préjuge plus que ses maîtres puisque j'ai risqué la chance et que je l'emporte. Le collège est une vieille dame qu'aucun jeune homme n'invitait à danser. Vous savez ce qui vous reste à faire.

L'image était d'autant plus juste que je voulais entre les paragraphes de mon allocution, faire entendre certaines danses, que l'idée d'un piano amené par cette cour où le concierge défendait de photographier me donnait la chair de poule jusqu'à ce que j'entendisse M. Croizet me dire avec un naturel étonnant : Prenez l'amphithéâtre 5 ou l'amphithéâtre 7. L'amphithéâtre 7 tient plus de monde mais l'amphithéâtre 5 est plus commode, parce qu'on peut faire entrer votre piano par la fenêtre.

*

Vous devinez, mesdemoiselles, vers quoi je me dirige. Toutes les murailles s'entr'ouvrent, les pont-levis tombent, les monstres me lèchent les mains, les gardes du palais, la police, les molosses dorment, touchés par un charme. Rien ne résiste. Mais ciel ! Le seul danger m'attendait au bout. Quel est-il ? La jeunesse. La jeunesse qui dort et qu'il va falloir que je réveille.

Or, mes craintes étaient absurdes. Après quelques secondes atroces, devant une table épaisse comme un billot, située de telle sorte qu'au lieu de dominer l'auditoire on est dominé par lui, ces grappes de visages en éventail, serrés contre les fenêtres, par terre, derrière ma chaise, devinrent peu à peu un seul grand visage attentif. Des épaisseurs fondirent ; nous formâmes cette jeunesse et moi une machine huilée parfaitement. Bref, ce rendez-vous d'affaires finit comme un rendez-vous d'amour.

Si nous n'étions pas aujourd'hui dans la maison de la politesse, quelqu'un m'aurait déjà interrompu pour me crier : Dites donc, monsieur, aurez-vous bientôt fini de nous raconter vos angoisses et vos succès rue Saint-Jacques. Vous êtes aux *Annales*. Vous feriez mieux d'essayer d'obtenir notre indulgence. Car — et c'est là, mesdemoiselles, que je brûle, comme on dit dans les jeux — car vous êtes ici dans une autre université la plus sévère du monde : Université de jeunes filles.

Voilà le grand mot lâché. Vous comprenez maintenant par quels détours, par quelle savante manœuvre, avec quel pas de loup j'approche.

Je sais que Mme Yvonne Sarcey se récuse et m'affirme que l'Université des Annales n'est pas une université de jeunes filles. Mais j'insiste. J'ai toujours vu ma sœur et mes cousines se disputer *Les Annales*, et, à dix-sept ans, je récitais des vers rue Saint-Georges devant une véritable plate-bande ou, si vous aimez mieux, devant quelques rangées de mitrailleuses.

L'escalier de M. Croizet, le concierge de la rue Saint-Jacques, l'ombre de Renan, l'affiche : *le jeudi 3 mai à 20 h. 30, séance uniquement réservée aux élèves et aux membres du corps universitaire* — passe encore !

La lampe Carcel, le tableau noir, un espalier de jeunes visages et de barbes blanches, passe encore !

Les foudres de Paul Souday en première page du *Temps*, passe encore !

Mais les jeunes filles ! Se trouver pour de bon, cette fois, devant une vraie image de la jeunesse, devant cette fleur que je ne consens à comparer à une fleur que si je songe aux fleurs carnivores du sud africain, devant un ennemi, lequel par sa simple beauté déploie toutes ses armes alors que la nôtre doit sortir et fourbir péniblement les siennes. Avouez, mesdames, messieurs, qu'il y a de quoi prendre quelques précautions. Types de lettres de jeunes filles reçues par un poète :

« Je ne vous admire pas du tout, mais je vous aime bien. »

« Je vous admire et je vous déteste. »

Déjà rien ne m'intimide plus que l'extrême jeunesse

à quelque sexe qu'elle appartienne. Par exemple, le rouge me monte et j'ajoute, l'envie de rire, chaque fois que je revois ma présentation au prince de Galles, par Lord Derby qui était alors ambassadeur, à une fête de l'ambassade d'Angleterre.

À cinq mètres d'une foule de femmes élégantes et d'uniformes, le pauvre prince, seul au monde sous un lustre, se balançait d'une jambe sur l'autre, baissait la tête, regardait son reflet dans l'encaustique, tripotait nerveusement son ceinturon de cuir. Il me faisait du mal. Quand je me trouvai en face de lui dans ce désert de lumière et de gêne, sa jeunesse et son regard timide me firent perdre la tête. *Je l'interrogeai.* C'était sans doute la première fois qu'une chose pareille lui arrivait. Ses yeux s'agrandirent. Je crus y voir : heureux homme ! homme libre qui n'a pas l'habitude des cours.

Ce n'est pas, me direz-vous, sa jeunesse qui motiva votre bourde. Vous avez beau vous défendre de snobisme et prétendre que seuls certains artistes peuvent vous émouvoir, vous avez perdu la tête comme le premier imbécile venu, parce que Lord Derby vous a traîné par le revers de l'habit devant le fils du roi d'Angleterre. Je prouve que non. L'impératrice Eugénie ne m'a pas ému. Son âge en faisait une autre personne. Lorsque Lucien Daudet me mena chez elle à Cyrnos, sa villa du Cap Martin, elle m'intrigua, m'intéressa, me fatigua même, car elle était infatigable, mais elle ne mit pas ma timidité en branle. Il fallait, pour m'émouvoir, que j'imaginasse de toutes mes forces le Décaméron : l'Impératrice à Compiègne entourée de ses filles d'honneur.

Voilà de quoi tourner de l'œil. Ainsi la jeune Eugénie m'aurait semblé mille fois moins abordable que Napoléon au milieu de ses grognards.

Résumons-nous : rien ne m'effraye autant que vous, mesdemoiselles, et bien que j'aie souvent donné en public, en présentant ou défendant ce que j'aime, des preuves de courage, cette fois je m'avoue vaincu. Car je n'ignore pas l'extraordinaire danger que cachent les plus suaves aspects. Les sirènes ne chantent pas toujours. Quelquefois elles écoutent. Et ce n'est pas le plus tendre de leurs moyens.

Mon seul espoir, c'est le souvenir du Collège de France (car j'omettais de vous avouer qu'il y avait là quelques étudiantes). Peut-être prendrez-vous mon angoisse en pitié. Peut-être bénéficierai-je d'une des exquises volte-face qui font votre force, peut-être au lieu de rester, le cœur battant à quelque distance de votre groupe, m'y accepterez-vous, me mettrez-vous à l'aise. Il me paraît que c'est une grâce de cet ordre que je suis en train de recevoir. Si je ne me trompe pas, s'il est exact qu'on m'accepte, vous savez ce qui nous reste à faire. En vrai révolutionnaire, je ne vais pas rompre net avec une vieille coutume. Que font des jeunes filles et un jeune homme qui chuchotent au fond d'un parc ? Il y a cent à parier qu'ils se moquent de choses respectables.

*

Mesdames, messieurs, pardonnez donc mon irrespect s'il s'en trouve et rejetez-en la faute sur la tête de vos enfants.

Et maintenant, puisque nous en sommes au chapitre des précautions, laissez-moi m'excuser d'une grave impolitesse. J'ai parlé de moi. J'en parle, j'en parlerai encore. Ce n'est pas de ma faute et j'avais prévenu Mme Yvonne Sarcey lorsqu'elle commit l'imprudence de m'inviter. N'y lisez aucun narcissisme. Au contraire. Vous me verrez presque toujours en mauvaise posture. Mais j'ai ce vice de ne pouvoir séparer ma vie intime de ma vie de lettres, de prendre ce qui me touche profondément à cœur, de ne rien comprendre aux spectacles qui ne se rattachent pas à l'ordre de choses qui me préoccupe. C'est au point que l'admiration prend chez moi les violences exclusives de l'amour, que je ne saurais m'amouracher comme les gens de goût, et que si la charmante définition que Mallarmé donne de l'amour : se faire une infidélité à soi-même est exacte personne ne se néglige plus que votre serviteur.

Entendez donc : poésie — lorsque je raconterai une de mes anecdotes de poète, théâtre — lorsque je vous mettrai en présence de certains scandales autour de mes pièces. — Je me refuse à vous faire un cours. Je ne suis pas assez savant. Je n'ai à vous proposer que des expériences. Leurs fruits se trouvent dans mes livres.

Comment voulez-vous que je vous enseigne en une heure cet état d'esprit nouveau qui se forme en nous par un travail minutieux et une attention sans cesse tendue vers le même objet. Ce me semble une entreprise ridicule. Je préfère appâter, c'est-à-dire remuer votre esprit, l'exciter, lui jeter une histoire, une formule, une musique ou un poème qui risquent d'entraîner chez vous la curiosité du reste. Alors j'estime que j'aurai fait un travail utile. Mais vous compiler un enseignement postiche, vous tendre quelques dates, prendre pour deux heures d'horloge l'aspect avantageux d'une fausse gravité, calculer le prestige certain de l'ennui, vous faire la grimace des longues souffrances qui sont l'envers de notre théâtre et que la plus petite pudeur nous ordonne de couvrir, répondre par un mensonge à votre grâce, en un mot vous tromper, mesdemoiselles, qu'on le demande à d'autres. J'avoue que j'en suis incapable. Je ne le ferai pas.

Mesdemoiselles.

Qu'est-ce que le scandale volontaire ? On pourrait le définir de la façon suivante :

Le scandale volontaire consiste à prendre exprès sa gauche dans un pays où tout le monde prend sa droite.

Et le scandale involontaire ?

Le scandale involontaire c'est de bien prendre sa droite mais de dépasser les autres voitures à cause d'une fièvre juvénile ou d'une connaissance approfondie de la circulation.

Dans les deux cas le tapage qui en résulte est le même. Mais souvent, dans le second cas, il provoque chez le coupable une grande surprise, car tout à la force ou à l'adresse qu'il dépense, il ne remarquait point qu'il dérangeait.

Dans le premier cas, le scandale dure peu. La police arrive. Il faut obéir.

Vous voyez, toute la différence qui existe entre scandaliser spontanément ou chercher le scandale pour attirer l'attention sur soi.

Vous me direz : Soit, mais s'il est compréhensible qu'un homme, ou qu'une chapelle vide essaie de remuer l'opinion coûte que coûte, comment nous expliquerez-vous que la beauté, sa vitesse, son adresse, sa fougue, provoquent le même scandale et qu'elle ne s'impose pas de force aux yeux de tous ? L'explication est très simple : Elle dérange. Elle change les règles du jeu. Elle entre dans un cercle dont les membres somnolents jouaient depuis cinquante ans au même jeu. Hop ! Elle brouille les cartes et annonce les règles d'un jeu nouveau plus difficile et qui exige qu'on se réveille.

À peine le scandale apaisé, le nouveau jeu appris et devenu la routine — hop ! elle saute sur la table, déchire les cartes et annonce qu'il faut jouer à saute-mouton. Et ainsi de suite. Vous voyez qu'il n'y a que les membres jeunes d'esprit ou de corps qui suivent. Les autres regimbent. Ils se liguent contre cette impudente. Ils forment le gros du public — le gros de notre public et de tout le public à toutes les époques

Vous ne voulez pas être de cette foule, n'est-ce pas, mesdemoiselles ? Vous ne rirez pas de la beauté neuve. Vous ne l'accablerez pas. Il suffit pour la reconnaître de regarder ses yeux. Car la beauté change de robe et de coiffure ; il lui en arrive même de traverser de charmants ridicules et, comme vous-même, d'être difficile à reconnaître d'une mode à l'autre. Mais son regard bleu ne change jamais. Il donne aux âmes dignes de l'affronter une nausée délicieuse, une sorte de choc qui peut prendre place entre le vertige de l'amour et de la mort.

Il n'existe pas de talisman pour la reconnaître, pas de signes extérieurs, sauf sa grande élégance. Je vous le répète, ce serait vous tromper que de vous faire entreprendre une longue promenade à travers le désordre moderne, et de vous dire : « Ceci est bon, cela moins, cela est détestable : méfiez-vous du baroque, du pittoresque, de l'originalité trop visible qui peinturlure la vieille étoffe au lieu de changer la trame, etc... etc... » J'aime mieux collaborer, dans une mesure modeste, à ouvrir en vous un certain angle d'esprit critique, à éveiller une certaine méfiance et un certain désir qui vous permettent d'identifier le beau sans aucun aide, par le flair, par le toucher, sous n'importe laquelle de ses transformations.

Grosso modo je vous expliquerai mon rôle et le rôle de qui j'aime dans l'étonnant mouvement de pensée contemporain. Il s'agissait après les excès d'une manière de romantisme, de barbarie, succédant comme toujours, par opposition, aux grâces papillotantes et molles de l'impressionnisme, de recréer un ordre neuf, riche des enseignements de la décadence, de la Capoue impressionniste et des violences qui l'écrasèrent, et de refaire à notre esprit enrichi, secoué, brutalisé, un moule sage sans lequel la France n'a jamais pu vivre.

Mais vous devinez l'écueil. Il ne s'agit pas de retourner en arrière, de fuir le désordre en faisant le voyage d'Athènes, de lutter par des pastiches d'un calme ancien contre le tohubohu nouveau.

C'est une position extrêmement délicate, et je me vante d'avoir inventé quelques équilibres pour se maintenir sur cette corde raide. Nous approchons de la terre ferme. La corde a déjà moins de ballant. Mais je ne me cache pas que je marche encore à mille pieds au-dessus du vide. C'est sans doute ce qui me donne quelquefois un air d'acrobate. Avouez que la posture mérite qu'on ne m'accorde pas un coup d'œil distrait.

Un disciple de Maurras me dira :

La beauté convainc d'emblée. Pourquoi votre beauté scandalise-t-elle ?

D'abord, elle scandalise de moins en moins, elle touche à la période où la raison et l'intensité s'équilibrent. Ensuite, lorsqu'elle scandalise, je saurai la défendre avec des armes d'helléniste.

*

Prenons le théâtre.

Le public corrompu, flatté dans sa paresse par le Boulevard, est incapable de réagir aux extrêmes délicatesses ou bien aux extrêmes duretés dont le mélange composait le beau antique. Les délicatesses lui passent par-dessus la tête, les duretés excitent son rire.

J'en ai fait la plus curieuse expérience en traduisant et montant *Antigone* chez Dullin. J'étais agacé par le machinisme d'avant-garde. J'avais voulu démontrer que la nouveauté ne consiste pas à parler de New York et que n'importe quel chef-d'œuvre ancien pouvait reprendre une incroyable jeunesse entre les mains d'un artiste à qui les machines au lieu de l'éblouir comme un nègre, ont servi d'exemple. Il s'agissait d'ôter la matière morte à quoi les siècles amènent toujours une partie des chefs-d'œuvre et, sans dénaturer un seul mot, d'adapter *Antigone* au rythme contemporain. Notre vitesse, notre patience ne sont pas celle d'Athènes en 440 avant Jésus-Christ. C'est donc fausser le sens de la tragédie que de la dérouler intacte devant des nerfs de 1923. C'est, je trouve, la servir, que de lui restituer avec amour sa démarche vivante. Ainsi réduite, concentrée, décapée, l'œuvre brûle les petites stations et roule vers le dénouement comme un express.

J'avais vu *Antigone*, jadis, à la Comédie-Française. C'était incroyable d'ennui. L'âge d'Antigone rendait assez naturelle et, partant, fort peu touchante, sa marche au tombeau. Des vieillards, sous les barbes blanches de qui on devinait, par contre, de jeunes choristes, chantaient des paroles inintelligibles sur la musique de Saint-Saëns. Voilà le vrai scandale.

J'ai évité l'écueil du chœur en réduisant le chœur et le choreute à une seule personne invisible qui, par un porte-voix débouchant au centre d'un bouquet de masques de vieillards, de jeunes gens et de femmes, exprime l'opinion de Thèbes. Ainsi entendait-on, pour la première fois, chaque réplique de ce chœur versatile et opportuniste comme un journal quotidien.

J'avais désiré pour vêtir mes princesses, Mlle Chanel parce qu'elle est notre première couturière et que je n'imagine pas les filles d'Œdipe s'habillant chez une petite couturière. J'avais moi-même choisi de grosses laines d'Écosse et Mlle Chanel avec un instinct magistral retrouva sans calcul des accoutrements si justes que *Le Correspondant* consacra un article à l'exactitude de ces costumes, entre nous admirablement inexacts.

En face de Dullin-Tirésias, Mlle Atanasiou, jeune grecque dont le nom signifie « fille d'Immortels », et que je n'avais pas choisie pour cela mais à cause d'une noblesse rare chez les actrices, jouait, sans gestes, sauf un lorsqu'elle va mourir, le plus beau rôle qui existe au théâtre.

Il est donc bien entendu que mon texte est un dessin à la plume d'après une toile de maître, qu'il n'en reste que l'essentiel, mais que cet essentiel c'est le texte de Sophocle sans aucune transformation.

Eh bien, mesdames, messieurs, j'ai honte à vous avouer que j'avais tendu un piège sans le savoir. Personne de cette fameuse élite qui compose les salles de répétitions générales ne connaissait Sophocle. On imagina que c'était une paraphrase ; que sais-je ? et pour obtenir le sérieux, pour jouer dans le silence, il fallut attendre le public populaire de Montmartre dont la fraîcheur sentit ce que la prétention ne comprenait pas. Nous dépassâmes la centième, ce qui n'est pas mal, avouez-le, avec une tragédie de Sophocle. Ce doit être à peu près le nombre de représentations à la Comédie-Française, depuis qu'on l'y donne.

Vous me direz que cette soi-disant élite est ce qui existe de plus vil à Paris. J'ai la tristesse de vous répondre que nous jouâmes un soir au Vieux-Colombier et que nous réentendîmes dans cette salle soigneusement, lentement éduquée par Copeau, les mêmes rires que ceux du public élégant.

*

Voulez-vous des exemples de ce qui faisait rire ? Il y a dans *Antigone* une scène sublime. La reine Eurydice (qui paraît une minute) entend le messager raconter la mort de son fils. Elle s'arrête. Elle s'avance. Le chœur se demande si elle a entendu et elle dit, pour laisser une petite chance au doute. « C'est-à-dire, j'ai un peu entendu. » (*Cette phrase excita le rire.*)

Le messager lui raconte la mort d'Hémon. Il est essoufflé. Il s'excite. Il la lui jette à la figure sans le moindre ménagement. C'est terrible.

La reine reçoit ce paquet de sang. Elle disparaît. Alors le chœur et le messager échangent un court dialogue, qui évoque la musique de Monteverde.

Moi j'avais les larmes aux yeux derrière la toile, car je jouais le chœur. Le public riait, riait de toutes ses forces. J'eusse voulu le prévenir de son inconvenance, lui crier par le porte-voix : « Ne riez pas. Ce n'est pas de Cocteau. C'est sublime... c'est de Sophocle. » Ne vous dégradez pas. Mais que dire à des gens qui veulent entendre une farce et qui sous prétexte de *Bœuf sur le toit* et de jazz-band pensent voir Magic-City devant l'Acropole. Ce qui leur sembla le plus cocasse fut l'il-

lustre réponse d'Antigone sur les frontières. Ils la crurent une allusion internationaliste de moi. Voici cette
scène. Vous verrez s'il y a de quoi rire. Les phrases
sont hautes et pleines d'ombre. On dirait les cannelures
autour d'une colonne des Propylées.

*Ici lecture de la célèbre scène sur les frontières
entre Créon et Antigone*[1].

On riait, — on riait : on riait d'Antigone, on riait de
Créon, on riait des dieux.

*

Je vous parle de quatre salles et j'excepte la première qui fut émouvante. Il existe de ces mystères.
Ensuite vinrent des salles respectueuses. Une fois lorsque Antigone marche au supplice, c'est nous qui fail-
limes rire, car une femme du peuple dit tout haut :
« Oh ! la pauvre petite ! »

J'avais imaginé de ramasser l'action comme le texte.
Aussi les soldats faisaient-ils descendre Antigone par
une trappe en bas de marches au premier plan. On
n'imagine rien de plus déchirant que Mlle Atanasiou à
mi-corps dans cette trappe, les bras étendus, disparaissant et criant : « Chefs thébains, on outrage votre dernière princesse ! » Eh bien ! les salles d'élite dont je
vous parle se levaient pour regarder dans le trou. Le
texte immortel était couvert par un bruit de strapontins.

Vous voyez qu'on a fait Grèce synonyme de mou,
de soyeux, de doucereux, de pompeux et que par un
étrange quiproquo on prend pour des cocasseries de
moi les angles divins, les ombres nettes et les vives
couleurs du Parthénon. Car il ne faut jamais oublier
que la Grèce bariolait ses temples et ses statues. Une
vieille ruine, toute jeune, stupéfierait ses fidèles.
Considérez mon travail. Je déblaye un terrain ruineux,

---

1. M. Jean Cocteau n'a pu nous procurer le texte de son ouvrage
actuellement en préparation [Note de l'édition originale.]

je frotte, j'ôte la patine et la belle image neuve qui apparaît blesse les regards malades. « La patine, — m'écrivait Gide, — c'est la récompense des chefs-d'œuvre. »

Je ne peux le suivre. Car s'il est vrai que l'accumulation de colère, de respect, d'amour sur un chef-d'œuvre lui ajoute quelque chose, une récompense ne se distribue que parcimonieusement et la patine recouvre toutes les œuvres. Il serait donc plus juste de dire :

— La patine est le maquillage des croûtes.

*

C'est ainsi que dans *Parade*, en imaginant de transfigurer des gestes familiers, des gestes modernes, jusqu'au point où on ne les reconnaît plus et où ils deviennent danse, je renouvelais la tradition de danse grecque beaucoup mieux que les chorégraphes qui enchaînent aveuglément des poses prises sur les vases sans remonter à leur source. Mais je me laisse entraîner trop loin et je manque à ma promesse de légèreté. Je retourne aux anecdotes promises. Le scandale de *Parade* au Châtelet en 1917 fut immense. La pièce durait vingt minutes. Après les quinze minutes de drame dans la salle qui suivirent le baisser du rideau, des spectateurs en vinrent aux mains. Je traversais les couloirs avec Apollinaire pour rejoindre Picasso et Satie qui m'attendaient dans une loge lorsqu'une grosse chanteuse me reconnut. En voilà un ! s'écriat-elle. Elle voulait dire un des auteurs. Et elle se jeta sur moi pour me crever les yeux, en brandissant une épingle à chapeau.

Le mari de cette bacchante et Guillaume Apollinaire eurent toutes les peines du monde à me sauver.

Après nous entendîmes, en haut, une phrase très drôle et qui équivalait au plus bel éloge. Un monsieur disait à sa femme : « Si j'avais su que c'était si bête j'aurais amené les enfants. » On dirait une légende de

Forain. Ce monsieur ne se doutait pas que c'est justement le coup d'œil enfantin qui manque au public
moderne et qu'à force de vouloir qu'on le traite en
grande personne, ce public ne supporte plus que
l'ennui.

Trois ans après, la reprise de *Parade* fut un
triomphe. Nous dûmes, Satie, Picasso et moi, revenir
saluer après douze rappels, au bord d'une loge. Ces
mêmes personnes qui voulaient notre mort en 1917, en
1920 nous applaudissaient debout. Que s'était-il donc
passé ? Comment cette salle vaniteuse faisait-elle
volte-face, reconnaissait-elle son erreur d'une façon si
humble ? Une dame en félicitant ma mère, m'en fournit l'explication :

— Ah ! madame, s'écriait-elle, comme ils ont eu
raison de changer tout !

Ceci était l'excuse. La vraie raison était la suivante :
l'orchestre de *Parade* est un retour à la simplicité, à la
clarté. C'est là son vrai scandale. Je vous en parlerai
tout à l'heure. En 1917 on hua avant d'entendre et nos
juges prirent le tapage qu'ils faisaient pour de la
musique. En 1920 on écouta. On s'étonna de
comprendre après si peu de temps une chose si difficile. On s'émerveillait de son intelligence. Le public
s'applaudissait lui-même.

À vrai dire, les salles s'habituent, même si ce ne
sont pas les mêmes spectateurs qui les remplissent.

*

Raymond Radiguet m'écrivait, en 1919, — il avait
alors seize ans : « En entrant au théâtre chaque spectateur se dépouille au vestiaire de son individualité —
c'est ce qu'exprime bien l'admirable formule : La
tenue de soirée est de rigueur. »

Le premier scandale auquel j'ai assisté était celui du
Sacre du Printemps en 1913. Ce soir-là reste pour toute
la jeunesse du monde une grande date. Des nécessités

d'ordre pratique obligèrent Diaghilew à donner, sous forme de gala, une première qui ne s'adressait qu'aux artistes. Aussi, les artistes peuplaient-ils le théâtre des Champs-Élysées, serrés autour des loges de corbeille pleines d'élégances.

Si je ferme les yeux, je revois la vieille et belle comtesse de Pourtalès. Toute rouge, son diadème de travers, agitant un éventail de plumes d'autruche, elle criait cette chose étonnante : « Monsieur Astruc — (qu'y pouvait-il ?) — c'est la première fois depuis soixante ans qu'on ose se moquer de moi. »

L'excellente personne était sincère. Elle croyait ce chef-d'œuvre fait, ces danseurs éduqués, ces quatre-vingt-dix musiciens réunis pour lui jouer un mauvais tour.

Vous savez que *Le Sacre* est aujourd'hui classique et quel accueil on fit en juin 1923 aux *Noces*, à la Gaîté. Des difficultés d'ordre matériel obligèrent les Russes à ne représenter les *Noces* que sept ans après qu'elles furent écrites. C'est donc une sœur jumelle du *Sacre* que le public applaudissait. Même puissance, même secousse, même rythme irrésistible. Mais, en 1921, à l'Opéra, le public accueillit mal la dernière œuvre du maître : *Mavra*. C'était trop simple, trop naïf. Le public ne fait jamais crédit à personne. Ce n'est jamais lui qui se trompe, c'est l'auteur. Une formule de Stravinsky était adoptée. Qu'il ne change plus. S'il change, s'il se renouvelle, on le boude. Cette fois le scandale s'exprima par le silence. L'œuvre était trop « agréable » pour qu'on sifflât. Fort bien, on se tairait. On exprimerait ainsi son mécontentement.

Je suppose que le fameux scandale d'*Hernani* devait être pâle au regard des scandales du *Sacre*, de *Parade* et même de *Pelléas et Mélisande*. Le grand-père de mes amis Jacques et Pierre de Lacretelle assistait au scandale d'*Hernani*. Lorsqu'on lui demandait des détails, il répondait : « Mais non, je vous assure. Il ne se passait rien. Le public était très calme, on applaudissait beaucoup. »

Avec la séance où je montai, en compagnie de Darius Milhaud, de Raoul Dufy et des clowns Fratellini, *Le Bœuf sur le Toit*, j'évitai le scandale. Je n'en voulais à aucun prix. Le scandale est très vivant, mais il dérange les artistes, l'orchestre, et empêche les quelques personnes sérieuses de voir les mille nuances d'un travail de plusieurs mois. Je l'évitai en apparaissant devant le rideau et en prononçant quelques paroles qui rendaient le public mon complice. S'il sifflait, il se sifflait. Il ne broncha pas.

Le scandale provoque chaque fois en moi une stupeur. Je le redoute par habitude, mais je n'y crois pas. Je pense naïvement que l'atmosphère laborieuse, que les nuits blanches passées à peindre, à coudre, à répéter, que le cœur qui se prodigue, que les dépenses du directeur, la peine des artistes, de l'orchestre et du chef d'orchestre, sont évidents, contagieux et imposeront le respect.

J'oublie que pour la salle rien de cela n'existe, qu'elle voit simplement une rupture d'équilibre entre ses habitudes et ce qu'on lui présente, et qu'elle rit cruellement de cette rupture d'équilibre comme elle rit lorsqu'une dame tombe en descendant d'autobus.

— C'est une farce d'atelier, disent les critiques après ces spectacles d'une mise au point éreintante.

*

Pour *Les Mariés de la Tour Eiffel*, mon plaisir de metteur en scène avait été si vif malgré la fatigue et si gaie la collaboration nombreuse où je réunissais Irène Lagut pour le décor, Jean Victor Hugo pour les costumes — pour la musique le groupe dit groupe des Six, en réalité groupe de cinq, et pour le reste du spectacle, la troupe suédoise, Marcel Herrand et Pierre Bertin, mon plaisir, dis-je, avait été si vif et cette collaboration si amicale, que j'étais à mille lieues d'attendre le scandale qui éclata fidèlement.

J'oubliais que le réalisme du théâtre du Boulevard qui consiste à mettre de vrais meubles, de vraies portes, de vraies histoires, de vraies larmes, etc., sur scène a flatté la paresse du public et habitué son esprit à ne plus jamais parcourir le chemin entre un objet, un sentiment réel et leur figuration. Ce public est donc aussi peu exercé que possible à comprendre un réalisme supérieur, ce plus vrai que le vrai dont j'ai fait ma méthode.

N'allez pas croire que j'invente quoi que ce soit. Shakespeare et Molière sont des maîtres qui méritent qu'on les suive. Voyez comme chez eux tout est plus gros ou plus en relief que le vrai, comme ils savent mettre une loupe entre la scène et le parterre. Souvent j'ai vu qu'on s'étonnait, en étudiant mon théâtre, qu'un poète dirigeât ses recherches vers le bouffe. On se trompe. Je cherche à remplir la scène au lieu de chercher à remplir la salle. Je cherche à rendre au théâtre ses titres de noblesse. Peu m'importe si mon effort qui porte sur des questions de volumes, d'échelles, de simplifications et de grossissements, est à base comique ou tragique. Mon seul souci est de remplacer la poésie au théâtre par une poésie de théâtre. C'est juste l'inverse. Poésie au théâtre revient à présenter une fine dentelle à distance. Poésie de théâtre serait une guipure en câble, une grosse finesse qui se puisse voir de loin, un bateau sur la mer.

J'ai donc tout avantage à diriger mes recherches dans un sens bouffe. Car alors les rires ne me dérangent pas trop, même s'ils sont décrochés par malentendu. Dans une tragédie, ils me dérangeraient, par contre, beaucoup, et c'est ce qui advint pour *Antigone* où je m'essayais dans le genre, en croyant me mettre en garde contre les gêneurs, grâce à l'autorité de Sophocle. Vous avez vu que, contre le gêneur, aucune autorité ne prévaut. J'avoue cependant avoir obtenu des résultats extraordinaires avec *Roméo et Juliette*.

En sortant d'une représentation des *Mariés*, auxquels le véritable public réserve toujours un excellent accueil, un de mes amis entendit une dame couverte de perles et de plumes dire à une autre :

— Je ne sais comment vous demander pardon de vous avoir fait perdre votre soirée. Mais, au fond, c'est toujours curieux de voir jusqu'où peut aller la bêtise.

Elle ne croyait pas si bien dire. Un autre soir, j'avais couru dans la salle me rendre compte d'un détail changé dans la dernière scène, car il est bien rare que je quitte le plateau pendant qu'on me joue. J'estime que c'est le rôle du capitaine à son bord. J'étais dans une loge. Dans la loge voisine, une jeune femme à qui on me désigna voulut me cracher au visage. La charmante colère qui l'étranglait l'en empêcha. Elle pleurait de ne pouvoir cracher. Son mari la tirait par sa robe et me faisait derrière elle toute une pantomime d'excuses. Je dus dire à cette jolie personne que c'était fou de se mettre dans un état pareil. Cette jeune femme était la victime de *Phi-Phi*, de *Dédé* et de *Ta Bouche*.

Soyez certains que si Molière n'était pas Molière, elle chercherait dans la salle, afin de lui cracher dessus, un auteur assez ignoble pour parler de purges et mêler du ballet à des comédies.

Mesdemoiselles, si je me limite, si je ne vous parle que de théâtre, c'est que le scandale causé par les livres éclate en silence. Son analyse entraînerait trop loin. Il nous faudrait prendre un autre rendez-vous.

Je suis d'ailleurs fort mal documenté sur mon propre compte. En effet, après la presse de *Parade*, en 1917, je me désabonnai à *L'Argus*. Les injures s'étalaient comme l'huile sur un buvard. J'en recevais de Chine et d'Afrique. Maintenant, je ne connais ma température que par les témoignages de haine ou d'amitié trop vifs pour que je les ignore et parmi lesquels je range, entre autres, l'invitation qui me vaut l'honneur de prendre la parole devant vous.

*

Il y a encore un scandale dont il importe que je me lave, c'est celui du jazz-band. Un mot va vite. On m'en a beaucoup voulu de m'intéresser au jazz-band et d'en jouer moi-même. Remarquez que c'est un sport comme un autre. Quand j'étais petit, Sivori, Sarasate, fréquentaient chez mon grand-père à la campagne. Mon grand-père adorait le violon ; il en avait de superbes dans une vitrine tapissée de peluche bleu de ciel. Chaque dimanche, arrivaient Sarasate, Sivori et des camarades. On arrangeait un quatuor. Sivori était nain. On l'asseyait sur des partitions. Il refusait de s'asseoir sur Beethoven. Sarasate venait à cheval et son cheval buvait du vin chaud et des carottes. Nos virtuoses raclaient en mesure et la musique ressemblait plus à du canotage, à de la course à pied qu'à de la musique. Ils comptaient et transpiraient, l'œil tendu vers le pupitre. Je me souviens que chaque fois que ma grand-mère quittait son ouvrage et, pour sortir, traversait le salon sur la pointe des pieds, Sivori, sans cesser de jouer, se décollait de sa chaise, s'inclinait et se rasseyait.

Je vous jure que ma manie du Jazz-Band était aussi parfaitement innocente. J'en jouais sur un appareil acheté par Stravinsky, appareil qui eut l'honneur de servir à l'orchestration des *Noces*. Je jouais avec Darius Milhaud, avec Marcelle Meyer, Wiener et un nègre délicieux, vrai démon de l'harmonie, appelé Vance. Paul Morand lui disait : « Vance, la nuit, c'est le jour des nègres ; jouez encore. » Nous nous réunissions dans un petit bar, rue Duphot, parce que Wiener y tenait le piano pour des raisons très nobles dont il me voudrait de parler ici. Ces plaisirs innocents lancèrent le bar. Il devint notre quartier général. Il valait bien les cafés de l'époque Verlaine. Comme il débordait, Louis Moysès, le propriétaire, dut prendre un local plus vaste et nous demanda la permission de l'appeler « Le Bœuf sur le Toit ». Voilà la vérité sur un autre scandale et ce qui fit dire que je tenais un bar. C'est la faute du Jazz-Band que j'aimais comme on aime un violon d'Ingres. Naturellement, une fois la porte grande ouverte au public, je ne jouai plus. Le public ne voyait dans la musique américaine que des épices et qu'un tapage informe. Or, si la mélancolie nègre et les israélites russes, compositeurs de beaucoup de ces musiques à New-York, nous envoyaient du nouveau monde un romantisme dangereux, il y avait d'autre part dans leur rythme, leur science des syncopes et de l'effet instrumental, une leçon qu'il fallait entendre.

À présent, afin qu'on me pardonne d'avoir tant parlé de moi, je veux finir sur une belle histoire. C'est celle d'un Saint, d'un homme qui est avec Picasso mon maître de sagesse : il est l'idole de tous les jeunes artistes, mais si l'atmosphère de scandale s'apaise autour de son œuvre, on le connaît encore très mal dans le public. J'ai nommé Erik Satie.

*

Mesdemoiselles, mesdames, messieurs,

Pour aborder certaines œuvres, il faut savoir se mettre dans un état d'esprit neuf, ne pas les juger d'après d'autres œuvres. Le grand défaut des critiques, même de ceux qui s'intéressent aux nouvelles expressions d'art, c'est d'en pressentir la valeur, mais de prendre pour défauts, pour maladresses, tout ce par quoi elles contredisent les expressions précédentes. C'est dans cet écart que consiste justement l'originalité. Or, on pourrait dire que l'esprit nouveau, à toutes les époques, est la plus haute forme de l'esprit de contradiction.

Pour juger une lampe, il serait ridicule de partir d'une idée de chaise. La plupart des critiques disent : « Oui, cette lampe est curieuse, mais ce n'est pas une bonne lampe parce qu'il est impossible de s'asseoir dessus. » La sagesse sera de juger la lampe d'après les divers avantages que doit réunir une lampe. Cette clairvoyance est la plus rare de toutes.

N'anticipons pas. Je voulais vous parler d'abord d'un jeune homme de cinquante-neuf ans. Ce jeune homme est Erik Satie[1]. C'est en vous racontant son histoire merveilleuse que se préciseront peu à peu les phrases trop vagues par lesquelles je débute.

Imaginez un charmant prologue. Un chapitre de Stevenson. Nous sommes à Londres. Une vieille dame anglaise, miss Hanton, a une fille et un fils. Le fils ressemble aux oncles de Blaise Cendrars. Par exemple, il dit à sa mère : « Ce soir, je dîne à la maison. » Le soir il ne dîne pas et, plusieurs semaines après, il s'excuse par une lettre écrite du Colorado. Un matin arrive un petit paquet. La mère l'ouvre et pleure d'émotion. C'est un vieux bout de Plum-Pudding racorni envoyé par le fils prodigue. Sa part de Christmas.

Élevée dans une atmosphère romanesque, Miss Hanton débarque à Honfleur. Elle rencontre M. Satie. Ils s'aiment, se fiancent, s'épousent et partent vite en voyage. La jeune femme veut montrer l'Écosse à son époux. Elle est enceinte. L'enfant se forme sous une influence de joie, d'audace, de brouillards marins et de cornemuse aux mélodies poignantes.

Le couple rentre à Honfleur. La belle dame accouche. Elle met au monde un fils. Ce fils est Erik Satie. Erik-Leslie Satie.

Les fées françaises comblent son berceau. Une fée bien anglaise s'approche. Et moi, dit-elle, je te préserve contre les feux de paille. Je te donne d'avoir tout cela *lentement* et *sûrement*.

Donc, Satie est né à Honfleur, Honfleur est un petit port où les capitaines descendent de leur bateau et racontent des histoires. Les enfants écoutent. Leur esprit se

---

1. Satie est mort peu de temps après cette conférence, à l'hôpital Saint-Joseph.

forme au contact des gaudrioles et du merveilleux. Car il existe un esprit de Honfleur célèbre par Alphonse Allais et Satie mais spécial à chaque Honfleurois.

Le pâtissier, le pharmacien, l'organiste ont un langage, cette façon pour le mystificateur d'avoir l'air plus bête que le mystifié.

La mer donne une grande poésie. Déjà cette poésie se trouve dans *certaines* farces d'Alphonse Allais. Elle les sauve de toute vulgarité, laissant le lecteur déçu.

Seulement avec Alphonse Allais nous sommes loin de compte. Sa valeur est de ne pas savoir jusqu'où il nous emporte. Mais, hélas ! il ne développe pas son talent. Il traîne d'une table de café à l'autre. Ce qui nous reste après sa mort est peu de chose. Une porte de bar, entr'ouverte sur la mer.

Si Satie ne sait pas toujours non plus où il nous emporte, — ce qui est le propre du génie, — du moins travaille-t-il sans relâche à améliorer, à varier les moyens de transport.

J'ai souvent souhaité une musique française de France, dégagée des influences de Wagner ou de Moussorgsky. On a toujours mal compris ma pensée, prenant ce désir d'une musique française aussi française que celle de Wagner est allemande et celle de Moussorgsky russe, pour du chauvinisme.

Avec Satie on se trouve en face d'une musique de France. Et miss Hanton ? me direz-vous. Et l'Écosse ? Certes. Rien ne germe sans mélanges. Mais autant qu'il est possible, cette musique dessine au lieu de peindre et donne plus qu'elle ne propose. Deux qualités françaises. Pensez que Satie est allé de Honfleur à Paris, qu'il n'a quitté Paris que pour faire une période militaire à Arras et pour assister aux récitatifs de *Philémon et Beaucis* à Monte-Carlo.

Satie a protégé sa musique comme du vin. Il n'a jamais remué la bouteille.

Il est arrivé à Erik Satie l'aventure de la Belle au Bois Dormant, avec cette différence qu'il était seul à dormir dans le château et qu'il se réveille parmi les morts. J'ajoute, pour être juste, qu'il faisait semblant de dormir. Du reste, Satie n'est pas resté jeune que par son œuvre et avant la grave maladie qui l'immobilise à l'hôpital Saint-Joseph, il habitait aux environs de Paris, d'où il venait et où il rentrait à pied, soutenu par ses anges. Il a des plaisirs de collégien. Quelle chance d'être vieux, dit-il. Quand j'étais jeune on me harcelait : « *Vous verrez un jour ! attendez ! vous verrez !* » « *Eh bien j'y suis, je n'ai rien vu. Rien !* » N'est-ce pas admirable ?

Donc Satie vivait à Montmartre dans la pire bohème. On était alors sous le règne de Wagner. Wagner était Dieu. *Wagner uber alles.* C'était l'époque du Sar Péladan, des cérémonies pompeuses, obscures et absurdes de la Rose-Croix. Celui que Nietzsche appelle le vieux magicien étouffait notre fraîcheur sous nos légendes déformées. Sa troupe de grosses femmes militaires envahissait nos provinces.

Dans un sens, hélas ! imposer Wagner était la seule attitude possible. Il fallait à toute force le défendre contre les imbéciles. Peut-être la bonne attitude eût-elle été de hurler avec les loups, *pour d'autres raisons* (c'est ce qu'a fait Nietzsche en Allemagne), — mais enfin, c'était une tâche ingrate. On ne pouvait la demander à personne en France.

Satie fut le seul à sortir sans dommages de cette brume qui égare même Chabrier.

Plus que *Carmen*, *Espagna* aurait tout à coup fait entendre à Nietzsche le café concert idéal. Mais le pauvre Chabrier incompris de son milieu Wagnérien, fatigué de voir sa grâce prise pour de la facilité, de la vulgarité, se laissa vaincre, composa *Gwendoline*. Encore un oiseau mangé par Fafner.

Pensez donc que Satie était en plein jardin de Klingsor, en pleine crypte de Graal. Il était le musicien de la Rose-Croix, c'est-à-dire dans la gueule même de Fafner, — mais attention ! — aussi gouailleur que pourrait l'être un jeune machiniste de l'Opéra chargé

d'allumer les yeux du monstre. Sauvé par Montmartre !
Sauvé par la blague.

La blague n'est pas mon fort. Mais je n'aime pas
non plus les médicaments. Il fallait à gros mal un gros
remède, et l'esprit de blague était le seul qui pouvait
sortir un homme de l'esprit de sublime artificiel.

On ne composait plus que des Wagnéries. « *Wagner
eût-il écrit cet accord ?* » demandait Péladan sévère-
ment à Satie qui lui livrait une sonnerie de trompes
pour la Rose-Croix. « *Certes* », répondait-il, sachant
bien que non et riant derrière son binocle.

C'est en 1891 que Satie compose la musique d'une
« Wagnérie » de Péladan et ouvre, sans que personne
s'en doute, la porte par laquelle Debussy va marcher
vers la gloire.

Debussy fréquentait alors l'auberge du *Clou*, mal vu
des artistes de gauche parce qu'il venait d'avoir le Prix
de Rome. On l'évitait. Un soir, Debussy et Satie se
trouvent à la même table. Ils se plaisent. Satie demande
à Debussy ce qu'il prépare. Debussy composait,
comme tout le monde, une Wagnérie avec Catulle
Mendès. Satie fit la grimace.

— Croyez-moi, murmura-t-il, assez de Wagner.
C'est beau, mais ce n'est pas de chez nous. Il faudrait...

Ici, mesdames, messieurs, je vous demande la plus
grande attention. Je vais citer une phrase de Satie qui
m'a été dite par Debussy et qui décida l'esthétique de
Pelléas.

« Il faudrait, dit-il..., que l'orchestre ne grimace pas
quand un personnage entre en scène. Regardez. Est-ce
que les arbres du décor grimacent ? Il faudrait faire un
décor musical, créer un climat musical où les personnages bougent et causent. Pas de couplets, pas de *leitmotiv* : *se servir d'une certaine atmosphère Puvis de
Chavannes.* »

Pensez à l'époque dont je parle. Puvis de Chavannes
était un audacieux, moqué par la droite. « Et vous,
Satie, que préparez-vous ? demanda Debussy.

— Moi, dit Satie, je pense à la *Princesse Maleine*, mais je ne sais pas comment obtenir l'autorisation de Maeterlinck.

Quelques jours après, Debussy, ayant obtenu l'autorisation de Maeterlinck, commençait *Pelléas et Mélisande*.

Ne croyez pas que je vais blâmer Debussy, plaindre Satie. Tant mieux. Le chef-d'œuvre est à qui le décroche.

Un chef-d'œuvre n'ouvre rien, n'annonce rien. Il ferme une période. Point à la ligne. Voilà le chef-d'œuvre. Il faut passer à la ligne. C'est dans le chef-d'œuvre que viennent se cristalliser mille recherches confuses, mille plasmas, mille ébauches, mille tâtonnements. Le coup de génie de Satie fut de comprendre tout de suite, dès 1896, que *Pelléas* était un chef-d'œuvre, de reconnaître généreusement et astucieusement que son ami Claude avait tiré dans le mille.

Plus rien à faire de ce côté-là, écrivait-il, après la représentation en 1905, *il faut chercher autre chose ou je suis perdu*. Il savait bien que les chefs-d'œuvre donnent naissance à une suite de petits maîtres qui raffinent la découverte (après Renoir et Seurat : Vuillard-Bonnard, etc., après Debussy, Ravel, etc...), mais que le vrai créateur doit contredire et que le prochain chef-d'œuvre ne peut qu'être la contradiction violente du chef-d'œuvre précédent.

Satie avait, sans le savoir, imaginé la musique impressionniste. Car c'est moi qui ai le premier employé le terme en parlant de musique, neuf ans après, au moment qu'il s'agissait de la définir pour passer outre.

La voyant résolue, Satie laisse ses camarades en combiner les ressources et se retourne ailleurs. Il se condamne au silence. Il s'enferme à la Schola. Il ne trouve qu'un seul moyen de contredire le raffinement harmonique, c'est l'écriture.

Ses camarades méprisent la fugue comme un exercice d'école. Satie la travaille.

« *Prenez garde*, lui disait Debussy. *Vous jouez un jeu dangereux. À votre âge on ne change pas de peau.* » Et Satie répondait :

« *Si je rate, tant pis pour moi. C'est que je n'avais rien dans le ventre.* »

Nous sommes en 1909. Satie regarde ses camarades déchiqueter, tresser les chanvres d'une corde avec laquelle il ne restera bientôt plus rien à faire. De temps à autre, il apporte à Ricardo Viñes un petit morceau de piano. En manière d'excuse, il l'habille d'un titre farce, d'un texte ridicule. Comment « Ces messieurs » comme il les appelle, pourraient-ils prendre au sérieux de petites pièces si naïves, sans la moindre science harmonique. Il donne peu à peu corps à l'idée que ces petites pièces éveillent chez les autres. Grâce à ce subterfuge on le supporte. Un « *Prélude Flasque* » délasse les membres entre des Cathédrales englouties, des Lunes qui descendent sur le temple qui fut, les « Pavanes pour une infante défunte ».

Même un jour, Satie, ayant composé la musique la plus exquise, l'intitule : *Airs à faire fuir.*

Les admirateurs de Satie déplorent ces farces. Ils s'imaginent qu'elles nuisent à sa gloire. Ils ne se rendent pas compte qu'elles lui ont permis de vivre, qu'elles l'ont préservé contre la haine et aussi contre les personnes en proie au sublime, qui jugent un morceau d'après son titre.

Maintenant, Satie n'a plus besoin de farces et n'y a plus recours. Vous ne trouverez aucune farce ni dans *Parade*, ni dans *Socrate*, ni dans les *Nocturnes*, ni dans le *Paul et Virginie*, qu'il doit composer sur un livret de Raymond Radiguet et de moi[1].

Figurez-vous que cela consterne ses éditeurs. Ils

---

1. Satie étant mort sans composer l'œuvre, j'ai confié le livret à Francis Poulenc.

refusaient de l'éditer jadis à cause de ses farces, mais ils déplorent qu'il y renonce, aujourd'hui que ces farces se vendent.

Donc Satie était le farceur modeste — en marge des Petits-Maîtres !

Imagine-t-on semblable patience ? coup préparé de plus longue main ? Reconnaissons ici le flegme de la fée anglaise.

*

Un beau jour, le chef-d'œuvre destiné à contredire *Pelléas et Mélisande* éclate comme une bombe. Il arrive du pays des bombes. Il est russe. Il est de Strawinsky. C'est *Le Sacre du Printemps*. Et quelle bombe ! quel chef-d'œuvre !

Ici je détache un passage de mon livre *Le Coq et l'Arlequin* où j'ai eu l'honneur d'avertir de certains périls, de présenter certaines tendances qui prennent rapidement corps et se font chaque jour des amis nouveaux.

« *Je considère* Le Sacre du Printemps *comme un chef-d'œuvre, mais je découvre dans l'atmosphère créée par son exécution une complicité religieuse entre adeptes, cet hypnotisme de Bayreuth*[1]. »

Or, si certaines musiques me distrayent du *Sacre*, aucune encore ne m'a bouleversé plus.

Peu de gens comprirent la nature de mon intervention. Strawinsky lui-même l'interpréta mal. Je mettais les jeunes de chez nous en garde contre lui à cause du point final que pose un artiste de son envergure. Les mots sont dangereux. Ils se lisent de tant de façons différentes. Sans doute, crut-il que j'attaquais une tendance. Or, je ne disais pas : négligez Strawinsky. Je disais : digérez-le ; ne l'imitez pas.

---

1. J'ignorais alors *L'Histoire du Soldat* où Stravinsky répondait à ma demande sans la connaître.

Depuis, nos cœurs se sont retrouvés comme jadis, et il me faudrait une longue séance pour vous le dépeindre chez Pleyel où il habite, jetant tous les matériaux qu'il rencontre dans sa formidable machine, enrichissant le pianola, apprenant le tambour et le cymbalum, sachant la technique du moindre instrument d'orchestre, déçu par ses chefs-d'œuvre et cherchant à remplacer la vieille berline du gros orchestre de quatre-vingts musiciens par une toute petite automobile parlant notre langue musicale mieux que nous, défrichant d'énormes territoires sonores, fabriquant des clefs pour des portes encore fermées à triple tour sur l'inconnu.

À peine *Le Sacre* eut-il éclaté que les jeunes de chez nous se détachèrent des petits maîtres impressionnistes pour se tourner vers cette œuvre fauve. *Le Sacre*, avec toute l'âme slave en plus, arrivait après Ravel, Dukas, Schmitt, comme les premiers Matisse, après Vuillard et Bonnard. Une sorte d'impressionnisme, élargi, brutalisé, organisé.

Après les frissons, les caresses, les pénombres, les enlacements, les dissonances précieuses, les nuages, les ondines, les guirlandes, les parfums, les vagues, les ironies, de la musique impressionniste, *Le Sacre*, et plus tard le jazz-band, furent une troupe d'éléphants bariolés marchant sur Capoue.

Voici le même écueil. Le chef-d'œuvre, point final. Après le Debussysme, où se retrouvent encore un peu les brumes de Wagner et la neige de Moussorgsky, le Strawinskysme va-t-il pousser nos jeunes vers des drames, des cruautés qui ne sont pas de chez eux ?

*

Cependant, au royaume des peintres, depuis quelques années déjà, Picasso changeait la face des choses. Il renonçait aux joies du hasard, du bariolage, de l'enfantillage, du décor, et inventait des disciplines nouvelles. Il annoblissait l'art de peindre en le débarrassant de l'anecdote. Il inventait des métaphores pour les yeux. Les objets, les formes, les couleurs, les perspectives lui obéissaient comme à un Orphée.

Alors, le Vieux au Bois Dormant s'éveille. Il apporte la plus grande audace : être simple.

C'était l'œuf de Colomb. Il fallait y penser, voilà tout. À une époque de raffinement, une seule opposition est possible : la simplicité. Entendons-nous. Pas un recul. Pas un retour à de vieilles simplicités. Pas un pastiche de clavecinistes. Ni *do, ré, mi, fa, sol, do* ni *Au Clair de la Lune*.

Satie apporte une simplicité neuve, enrichie de tous les raffinements qui précèdent.

Sa musique est enfin une musique si blanche, si délicate, qu'on pense, en l'écoutant, à la phrase de Nietzsche : *Les idées qui changent la face des choses viennent sur des pattes de colombe.*

Chacune de ses œuvres déroute. Il ne s'exploite pas. Il invente, change d'aspect, certain d'une ligne droite profonde. Un « maître » est presque toujours un papier à mouches. Satie chasse les mouches.

Les jeunes musiciens l'appellent « le bon maître ». Ils ne l'imitent pas. Il leur a montré une route blanche et leur dit : « *Marchez à votre guise. Faites le contraire de moi. N'écoutez personne.* »

Et maintenant, il faut, mesdames, messieurs, que je vous salue. Si je n'ajoute pas mesdemoiselles, c'est que, mesdemoiselles, je me résigne mal à vous quitter. Alors, je vous demande que le souvenir d'un camarade qui serait plus un danseur qu'un penseur vous accompagne chacune jusqu'à votre porte.

PORTRAIT DE MOUNET-SULLY

1945

Le grand tragédien Jean Sully Mounet, dit Mounet-Sully (1841-1916), originaire de Bergerac, devint à Paris sociétaire de la Comédie-Française où il interpréta des rôles classiques (Oreste, Rodrigue) et romantiques (Hernani, Ruy Blas), mais aussi Shakespeare (Othello, Hamlet). Jean Cocteau, dans son enfance, assista à La Grève des forgerons, *de François Coppée, et la déclamation solitaire et souveraine du grand comédien, ses attitudes, le marquèrent fortement : il note dans* Portraits-souvenir *que le prestige de cette pièce-monologue ne manqua pas de l'influencer lorsqu'il lut* La Voix humaine *au Comité de lecture du Français.*

J'aimerais... je voudrais... il faudrait tirer de soi toutes les pourpres du sang, toute la nuit de l'âme pour évoquer en chair et en os le magnifique fantôme qui hante les couloirs et les coulisses de ce théâtre. Mounet-Sully !

Car ce tragédien ne s'habillait pas, il se sculptait, il se drapait de telle sorte que la laine devenait du marbre et formait autour de sa personne des plis solennels et définitifs. Et ne croyez pas que, d'un seul bond, il est entré dans la gloire. La singularité qu'il imposa l'obligeait à la lutte. La presse l'attaquait. Il dérangeait des habitudes. Il soulevait des problèmes. Il posait des énigmes. Il changeait les règles du jeu.

Mais la beauté s'impose. Elle influence même ceux qui lui résistent. Mounet-Sully avait la violence calme d'un fleuve. Dans l'amour de convaincre il prenait sa source. Il bouillonnait. Il coulait. Il roulait. Il s'étalait. Il s'incurvait. Il suivait au passage ces villes de colonnes ou de flèches que sont les chefs-d'œuvre et, sûr de lui, large, noble, riche de sa course, il se mêlait en écumant à cette mer houleuse du public, à cette mer qui donne une mystérieuse nausée à laquelle on n'échappe pas plus qu'au mal de mer.

Vous vous souvenez de l'Arthur Gordon Pym d'Edgar Poe. Le voyage s'achève sur l'apparition d'un géant de neige qui se dresse au seuil d'un monde inconnu où s'engouffre le navire. Le livre se ferme sans qu'on sache.

Il me faudrait inventer un monstre de ce genre pour essayer de vous faire comprendre ce que représentait à notre enfance Mounet-Sully dans le rôle d'Œdipe lorsqu'on nous conduisait le dimanche à la Comédie-Française et que le rideau, drapé comme un toréador, se levait sur le drame de Sophocle.

À l'époque, soyons justes, la mise en scène était décevante. Des jeunes filles lançaient des roses et jouaient de la harpe : c'était la peste à Thèbes. Mais, soudain, un bras sortait d'une colonne, ce bras entraînait un profil pareil à la houlette du berger grec, pareil au casque têtu de Minerve, pareil au cheval de l'angle du fronton de l'Acropole. Ce profil se dressait sur l'étonnante cuirasse d'une poitrine pleine de rugissements mélodieux, cuirasse que notre héros partageait avec son frère Paul et qui symbolisait la victoire.

Et la cuirasse de cette poitrine, et ce bras et cette épaule et ce profil dominaient le décor ; ils balayaient les harpes et les roses et, dès le premier geste, geste célèbre qui semblait quelque pied de nez sublime, c'étaient la peste, la ville morte, la soif, la catastrophe, le soleil noir des Atrides. Et ce geste dont je vous parle, ce geste d'un homme qui grimace au soleil et qui se protège les yeux avec la main droite, c'était le geste du roi victime qui cherche à deviner de loin, de loin, de très loin, la toute petite figure de la fatalité en marche et qui se hâte pour être exacte au rendez-vous.

Mounet-Sully : au Zoo, afin que les fauves nous donnent l'illusion d'être libres, les architectes calculent l'espace qu'ils ne peuvent franchir, qu'ils ne songeraient pas à franchir. (À Singapour, j'ai vu des tigres capturés la veille, habités d'une phosphorescence, d'une moire, d'une usine, d'une forge de rage impuissante parce qu'ils ne comprenaient pas qu'on n'opposait à leur terrible machine que des barreaux de bambou.)

Eh bien, lorsque Mounet-Sully jouait le dimanche, nous pensions que la rampe et que la fosse d'orchestre nous protégeaient seuls du drame et creusaient un espace infranchissable entre ce fauve des planches et nous. Car il rugissait, il bondissait, il se ramassait, il miaulait, il grondait, il s'étirait, il s'immobilisait, il guettait, il giflait le vide, il le broyait, il le déchirait, il le piétinait, il le caressait, il arpentait la scène, bref, soit qu'il fût Hippolyte brandissant son arc ou le prince Hamlet rampant aux pieds de sa mère un éventail à la main, il offrait ensemble le spectacle d'un dompteur qui cravache un lion et du lion forcé d'obéir.

Mesdames, Messieurs, excusez-moi. Un tel sujet m'entraîne. Je n'y résiste pas. Je me laisse aller à vous parler d'un colosse du théâtre au lieu d'avoir de l'ordre et de vous dire ce que je connaissais de lui.

Le théâtre c'est guignol. Guignol porte le germe du théâtre où vous êtes. J'ai maintes fois répété que le meilleur public du monde serait le public qui, pareil aux enfants criant à Guillaume : « Le gendarme ! Voilà le gendarme ! », crierait à Œdipe : « Prends garde à Jocaste ! Ne l'épouse pas. C'est ta mère ! »

Perdre l'enfance, c'est perdre tout. C'est douter. C'est regarder les choses à travers une brume déformante de préjugés, de scepticisme. Une bonne salle de théâtre représente, prise en bloc, un enfant de douze ans qu'il importe d'atteindre par le rire ou par les larmes. Je n'ai donc aucune gêne à vous avouer qu'il ne me reste de Mounet-Sully qu'une image de mon enfance.

Une chose me préfigurait le théâtre. Le départ de ma mère pour les spectacles de la Comédie-Française.

La femme de chambre l'habillait pour le spectacle. Elle se rendait à l'« Énigme » et à la « Grève des Forgerons ». D'un coin d'ombre je la voyais peu à peu arborer devant l'armoire à glace les baldaquins en velours des loges, leurs girandoles de diamants et l'aigrette du projecteur. Elle m'embrassait, elle partait et le fleuve rouge de sa traîne allait, à travers la ville nocturne, se mélanger aux grandes salles interdites.

J'en rêvais, nourri de récits incompréhensibles et de programmes. Une fois j'obtins le droit de suivre le fleuve rouge et je reconnus ma mère. Par le prodige d'une métamorphose mythologique, elle était *devenue* la salle de théâtre où nous sommes.

Son luxe, ses bijoux, ses velours, son aigrette, sa traîne, son cœur d'or et ses colères, devinrent, en une minute, le faste du théâtre. J'adorais le théâtre et je l'adorerai toujours.

La Comédie-Française représentait « La Grève des Forgerons ». Pouvais-je bien suivre cet interminable monologue qui débute par : « Mon histoire, messieurs les juges, sera brève ». Je me le demande ? Toujours est-il que ce monologue a laissé en moi la hantise d'en confier un à l'actrice par l'entremise de qui je vous parle.

Seul au centre de sociétaires en costumes de juges, Mounet-Sully, forgeron athlétique, sa barbe, ses mèches, ses muscles, bouclés comme le chapiteau d'une colonne de temple, défendait le peuple et lui prêtait ses prestiges. D'autres vous expliqueront ses secrets. D'autres vous peindront ses attitudes.

D'autres vous expliqueront le globe étrange de ses yeux de libellule, d'autres vous énumèreront ses rôles. J'en suis hélas incapable. Je vous le répète, j'étais enfant et enfant j'étais encore lorsque j'assistai à « Hamlet » et à « Œdipe ». Tout ce que je peux vous dire, c'est que, lorsque mes camarades du Français me montrent la petite toque bizarre qui circule de loge en loge et que Mounet portait dans Hamlet, mes yeux se remplissent de larmes. Tout ce que je peux vous dire, c'est que chaque fois que la toile se baisse en guillotinant les acteurs qui saluent, que les vagues du public s'écoulent dans le péristyle, que commence le funèbre naufrage des planches vides où les perspectives basculent, où les ciels se chevauchent, où les machinistes s'accrochent aux épaves — je sais que le grand fantôme aveugle, appuyé sur le fantôme fraternel, traverse les velours, les portraits et les bustes, les imprègne de son fluide et fait de la Maison de Molière une véritable « maison hantée » où chacun et chacune possèdent le privilège de recueillir l'âme flottante des héros, de les changer de forme et de leur permettre de vivre.

IMPRESSION

1956

Ce petit texte, paru aux éditions Dynamo à Liège, et mis en page avec soin, prône le travail par lequel les écrits d'un auteur prennent forme pour les lecteurs. Jean Cocteau, tout en témoignant de son expérience en ce domaine, insiste sur l'aspect visuel que l'œuvre doit proposer, rejoignant ainsi ses préoccupations concernant la poésie graphique.

IMPRESSION

JE

m'étonne toujours que les innombrables jeunes gens qui écrivent ne cherchent pas à savoir par quelle opération leur pensée s'imprime et passe de leur nuit secrète à la lumière. Leur effort s'arrête au manuscrit dactylographié, d'une apparence très ingrate et qui, pour un livre, est le stade pénible où les angles s'arrondissent, où les fautes qui bénéficiaient du désordre de l'écriture, sortent du texte et crèvent les yeux. Je me souviens de ma jeunesse. J'aimais le livre et je voulais me mêler à ses mystères. Il ne me semblait pas que mes prérogatives s'arrêtassent à la porte de l'éditeur. À sept heures du matin, je retrouvais François Bernouard, rue de la Glacière, dans une petite imprimerie qu'il possédait, et là nous apprenions à composer, à mêler les encres, à comparer les papiers, à mettre les machines en marche, à suivre la feuille qui est muette et qui parle notre propre langue lorsqu'elle vole entre nos mains après son voyage à travers les rouleaux.

La rue de la Glacière était froide, comme son nom l'indique. L'imprimerie était sinistre. Mais nous vivions d'une vie intense et le fait d'imprimer nous paraissait aussi important que d'écrire.

Ornementation gravée sur bois par A. Jusserat pour l'édition originale.

Peu à peu nous devînmes maniaques de certains caractères et de certains papiers. Nous mêlâmes de l'encre rouge à l'encre noire afin de la rendre plus chaude. Nous achetâmes des Didot qui ne servaient qu'aux affiches officielles et nous les remîmes à la mode. Le style des livres d'enfants de chez Mame, à Tours, nous émerveillait. Il m'arriva même (car certains de ces caractères alors démodés étaient introuvables) de clicher un texte de livres d'enfants, de le tirer à mille exemplaires, de découper les lettres, de les coller côte à côte et de reclicher ce travail. Ce fut la méthode étrange dont nous usâmes avec André Lhote pour composer le livre *Escales*.

Nous habitions des cabanes de pêcheurs, au bord du bassin d'Arcachon. Madame Lhote collait les lettres sur du bristol à l'aide d'une longue épingle et le moindre souffle embrouillait ce jeu de patience.

Chaque fois que des jeunes poètes me demandent conseil, j'évite de leur parler de poésie. Mes conseils se limitent au genre d'entreprise qu'ils ignorent et qui nous mêle profondément à ce que notre travail d'irresponsables comporte de responsabilité.

La poésie est une force inconnue dont nous sommes le véhicule. Le progrès d'un poète est d'ordre moral. Il doit tenir sa maison propre pour la visite de cet hôte qu'il sert et qu'il ne connaît pas.

Apprendre à imprimer, savoir à fond le métier modeste de l'ouvrier typographe, ne plus tenir un livre comme un objet fabriqué par miracle, participer à cette métamorphose, voilà des tâches qui me plaisent et dont je voudrais inculquer l'amour. Hélas, on souffre actuellement de vitesse et de paresse. Un jeune auteur demande à être imprimé vite et à ne se mêler de rien. Il jette son livre à la boîte. Peu importe ce qui arrive entre la minute où l'éditeur l'accepte, celle où il corrige des épreuves, celle où le livre sort. C'est dommage.

Je le répète. Autant je lui conseille de ne pas se

mêler trop de son travail et de se laisser travailler par lui, autant j'estime que le demi-sommeil est une méthode sans laquelle un texte meurt avant de vivre, autant je trouve que la désinvolture est détestable en ce qui concerne les détails d'un mécanisme grâce auquel une œuvre devient innombrable et risque d'atteindre des âmes.

Le lecteur aussi devrait se rendre à cette école. Il y a des lecteurs de talent. Il y a des lecteurs de génie. Lire un poème exige d'être inspiré.

Que le lecteur se le dise. Payer n'est pas tout. Qui n'a pas vu la lutte nocturne du boulanger et de la pâte n'est pas digne de manger du pain.

ARTS DE LA RUE

il

y a un monde entre l'écriture, la machine à écrire et l'imprimerie. Avec l'écriture, une œuvre profite des jambages d'une sorte de dessin qui dénonce l'âme. Avec la machine à écrire, elle se désindividualise et perd le goût, comme les fruits dans la machine électrique du mixeur. Avec l'imprimerie, elle retrouve son équilibre définitif.

Rien n'est plus étrange, plus mystérieux que cet équilibre qui se chiffre. Lorsque j'étais jeune, j'ai voulu apprendre le métier d'imprimeur. Je supportais mal de paraître, de me projeter en livres, sans savoir par quelle opération. Chaque matin, je me rendais rue de la Glacière (qui mérite son nom), et je travaillais avec les protes. J'étais même devenu bon miseur. Le miseur colle des feuilles sous la masse qui groupe les caractères, afin de rendre le noir de l'encre égal.

Parmi les souffrances de Marco Polo, que Venise appelait Le Menteur, et qui ne croyait rien de ses souvenirs de Chine, à la Cour du Mongol Koubilaï, petits-fils de Gengis Khan, on trouve en première ligne la découverte du charbon (une pierre noire qui brûle et remplace le bois), le papier-monnaie et l'imprimerie. Il semblait impossible que les écrivains se transmissent par ce dernier prodige. Comme la gamme inventée à la même minute par la Chine et par Pythagore, la découverte de Gutenberg était chose faite dans cette Chine de rêve.

Je souhaite à tous les jeunes qui écrivent, et qui veulent publier, de connaître l'admirable travail qui fixe la pensée à travers des rouleaux et des presses. Il y a là une sorte de digestion merveilleuse. Et il est indigne de trouver normal que nos jambages deviennent ce bloc propre à les transmettre. Certes, toute écriture est en hiéroglyphes, et il faut un Champollion pour les comprendre. Mais le papier a remplacé le granit, le marbre et la cire. Lorsque la Bibliothèque d'Alexandrie flambe, ce n'est pas seulement par l'ordre d'un chef militaire, c'est par cette énigme qui consiste à remettre l'homme à zéro, lorsque sa science menace l'inconnu de perdre ses privilèges.

Un livre, on en a l'habitude. On l'achète. On le reçoit. On le coupe. On le parcourt. Mais il demeure, et des ondes s'en échappent qui font sans cesse le tour du globe.

Peu de gens lisent. Ils se lisent. Ils consultent vaguement un texte. Sans même s'en rendre compte, ils n'assimilent que les vocables qui peuvent les traduire et les exprimer.

Le rôle de l'imprimerie n'est donc pas seulement de servir de véhicule à l'écrivain, à cet archéologue qui se fouille, mais de permettre aux innombrables personnes qui ne peuvent s'exprimer par le langage, d'en trouver un qui parle pour eux.

J'ai toujours manié un livre avec respect. Je sais ce qu'il représente de peine. Je sais par quel travail il existe. Je plains beaucoup les lecteurs qui le coupent d'une main distraite, et se contentent de le parcourir. Un livre doit être mangé comme le fit Jean à Patmos, et provoquer ensuite les visions qui composent notre Apocalypse.

Le théâtre de la rue nous donne le spectacle de son

triomphe. On se demande parfois si le Japon n'est pas à l'origine du graphisme violent de la réclame, attirant l'œil comme les fleurs attirent les insectes par la diversité de leurs teintes éclatantes et des formes de leurs pétales. Toulouse-Lautrec domine ce phénomène attractif par l'équilibre qu'il garde au bord de la caricature, n'y tombant jamais malgré le vif et la grimace. Bien des affiches anciennes habitent encore notre œil. Celles de Capiello entre autres. Mais il existe mille et mille métamorphoses successives de cette insulte à l'habitude dont Picasso, dans un domaine grave, reste le prince.

Une vitrine, un mur, un journal ont vite fait de prendre à l'art ce qu'il autorise qu'on prélève de sa substance. Cette hâte, dans la vulgarisation des trouvailles de l'inventeur de formes, l'oblige à se fuir, à se réfugier, à se rendre inaccessible.

N'oublions pas la photographie qui sut prendre le large, que les impressionnistes semblaient contredire, alors que maintenant, avec le recul, ils nous apparaissent comme de prestigieux photographes.

C'est pourquoi notre reconnaissance à la Chine Mongole et à Gutenberg se fixe surtout sur l'opération de la pensée inscrite et transmise. Nous rêvons de la sage lenteur avec laquelle le lettré chinois, japonais, romain, dévidaient le rouleau, le makimono, le volumen de Rome ; et nous admirons le rouleau devenu machine : la vitesse en velours des rotatives.

Je le répète, j'ai souvent pensé que le désastre de la bibliothèque d'Alexandrie ne venait pas seulement de cette responsabilité où l'homme cherche un refuge contre le rythme de la nature. Sans doute fallait-il, pour quelque obscur dessein, que les sagesses humaines fussent remises à cette case morte, à cette tête de mort du jeu de l'oie.

Éloge de L'IMPRIMERIE

VOICI l'imprimeur, l'artilleur bleu à sa pièce. La guerre le jalouse, car ses projectiles tombent plus loin que la vie. La vie humaine est trop courte pour suivre leur trajet et pour voir leur explosion s'épanouir.

Jadis les inventions, les découvertes les plus prodigieuses étaient mises au service des dieux. La science, aux mains des prêtres, ne sortait pas du temple ; elle servait soit à convaincre, soit à effrayer.

On se demande si l'Arche d'Alliance, foudroyant un homme qui la touche sur la route de Jérusalem ne contenait pas quelque pile électrique. Une découverte passait-elle le seuil divin ou venait-elle du dehors, la voix humaine la colportait, la répandait mal, et, d'orateur en orateur, elle arrivait informe à l'oreille des foules. Aussi le progrès marchait-il avec des jambes maladroites et lentes.

Il suffisait d'un incendie, d'un tremblement de terre, pour tuer une civilisation. LE BANQUET DES SOPHISTES d'Athénée, sorte de catalogue anecdotique des volumes de la bibliothèque d'Alexandrie, laisse mesurer la perte d'un trésor qui aurait dû enrichir la pensée du monde, mais que le système d'écriture des anciens réduisait à un luxe royal.

En des milliers d'années vingt civilisations avancent

et reculent comme les vagues. On ne retrouve que des épaves dont la splendeur augmente notre tristesse. Imaginez, entre autres choses, d'après la leçon d'ordre qui donne encore le désordre des vestiges grecs, la musique d'un peuple où l'art sut prendre toutes les formes et ne se montra jamais inférieur. Eh bien, cette musique, le vide entre les colonnes du Parthénon n'en garde pas le moulage.

Ce travail de Danaïdes eût continué de siècle en siècle sans l'imprimerie. Les contemporains de Gutenberg n'en comprirent pas l'importance. Ils ne comprirent pas qu'un homme venait d'inventer un véhicule pour l'esprit, un véritable jeu de glaces afin que la rareté reste la rareté, tout en devenant innombrable. De la presse à bras aux grandes machines modernes, qui, malgré leur force monstrueuse et leur rumeur, travaillent avec une délicatesse de femme, quel chemin parcouru.

De nos jours, chacun lance l'idée partout, découvre et perfectionne sous le regard universel. L'inventeur, le fabricant, le marchand se stimulent. La richesse récompense l'effort !

La bible, disait un poète (Arthur Cravan), voilà le plus gros succès de librairie. Une religion exige un nombre formidable d'adeptes. Soignez la vôtre. Soignez la gloire de votre firme et l'excellence de vos marchandises, car, si vous les jugez bonnes, votre intérêt devient l'intérêt général.

Saluez donc, depuis l'écrivain jusqu'au dernier typographe, les intermédiaires entre vous et la foule ; admirez cet essaim dans la ruche où l'encre active s'apprête à nourrir le monde, comme un miel noir.

DU SÉRIEUX

1961

Jean Cocteau interroge ici une question essentielle à la perception artistique : la connaissance du style. L'époque semble étaler partout l'uniformisation et l'anecdote, alors que l'important est « le secret professionnel », pour reprendre le titre d'une de ses premières œuvres, la révélation de l'artiste dans sa création.

Le secret professionnel (1925).

Que n'ai-je la plume de Lewis Carroll (Charles L. Dodgson) lorsqu'il écrivait ses délicieuses lettres aux petites filles. Que n'ai-je celle, si libre, de Paul Léautaud, lorsqu'une pièce l'ennuyait et que sa critique se bornait à parler de ses chats ! Que n'ai-je la grâce féroce de cet encyclopédiste féerique, de ce pastel de Liotard (auquel il ressemble de nom et de visage), de cet « homme bleu de ciel » ainsi que l'appelle Marie Laurencin ! Je pourrais alors vous dire des choses graves sans craindre le pléonasme qui consiste à dire les choses graves gravement. Car le sérieux exige qu'on le traite sans pédantisme, mais avec respect. Ce respect est, hélas ! presque perdu. Je vois surtout des exemples de cette étrange disparition.

Les architectures modernes en témoignent, par quoi les architectes veulent contredire les anciennes et ne bâtissent que platitudes.

Est-il sérieux d'obliger les humains à vivre dans des immeubles qui s'opposent à toutes les règles qu'imposaient, jadis, les lieux et leurs coutumes ? Est-il sérieux de rendre plates les âmes, car elles s'imprègnent d'un habitacle ? Est-il sérieux de s'inspirer des paquebots sur terre, du sanatorium et de l'usine ? On s'étonne qu'en Italie, où règnent les calculs admirables de Palladio, les architectes imposent un style mort où la bonne humeur italienne risque de se perdre. On s'étonne que la Côte d'Azur renonce à sa science de soleil et d'ombre, permette qu'on accumule des contresens, un désastre morne de lanternes inhumaines, de lavabos d'aérodromes, de cages à serins entourées de balcons pareils à des abreuvoirs.

Est-il sérieux que le Caire élève des buildings au

bord du Nil ? Est-il sérieux qu'on remplace par la symétrie le charme asymétrique des vieilles façades qui regardaient et parlaient ?

Partout je constate cette perte de sérieux, cette hâte à commettre des fautes, lesquelles, construites, représentent visiblement l'absence totale de style vers quoi nous conduisirent l'argot, les abréviations, les traductions américaines mal faites, et une prodigieuse méconnaissance du secret professionnel.

Qui, à notre époque, se montre sensible au vif de Montaigne, de Stendhal, de Balzac, du code Napoléon, des *Choses vues* de Hugo, bref à cette écriture de foudre à laquelle le public demeure aveugle pour ne s'intéresser qu'à l'anecdote ?

Je songe à Vermeer, si pauvre, passant plusieurs mois sur une toile où la réalité qu'il y transporte devient le comble de l'irréalité. Quel sérieux chez un peintre dont l'œuvre déroute parce qu'elle échappe à l'analyse et *trompe le sérieux* ? S'il fallait l'analyser, je mettrais son énigme sur le compte du souci qu'ont les grands artistes de ne se servir du modèle que comme un prétexte à se portraiturer eux-mêmes.

C'est à cet auto-portrait qui domine textes et toiles qu'on reconnaît la famille des vrais poètes, qu'ils écrivent, composent, peignent ou sculptent.

Car l'honnêteté, le sérieux ne consistent pas à témoigner des spectacles de la nature. Ils consistent à s'exprimer coûte que coûte et jusqu'au bout de soi-même.

Et les naïfs qui accusent, par exemple, Picasso de n'être pas sérieux (d'être malhonnête) devraient assister au drame de ce peintre qui s'épuise en recherches et sauta l'obstacle du modèle et du prétexte, jusqu'à créer un monde où les figures et les objets obéissent au seul bon plaisir de son règne. Mais ces naïfs, qui ne cherchent que la ressemblance et confondent un Vermeer avec l'école hollandaise, ne savent pas que le monde créé par Picasso obéit à des règles inflexibles

Portrait de Charlie Chaplin.

et d'un sérieux dont leur manque de sérieux ne pourrait se faire la moindre idée.

Partant, on nous accuse de nous moquer du public. D'être des mystificateurs.

Mystifier qui ? Et pourquoi ? il y a bien de la fatuité à croire qu'on se crève et crève sa poche pour l'étrange entreprise de mystifier les oisifs.

À la première du *Sacre du Printemps* d'Igor Stravinsky, où une élite « sérieuse » huait un chef-d'œuvre, nous vîmes la vieille comtesse de Pourtalès, debout dans sa loge de corbeille. Elle agitait un éventail et criait : « Depuis soixante ans c'est la première fois qu'on ose se moquer de moi ! » Elle le pensait. Et c'est ainsi que pensent toutes les personnes sérieuses qui nous accusent de manquer de sérieux.

Le sérieux ne saurait avoir l'air sérieux.

S'il l'avait, il serait un sérieux par artifice, un sérieux d'après le sérieux.

Le sérieux neuf ne ressemble pas, par définition, au sérieux tel qu'on se le représente. Ce sérieux est celui de l'artiste qui change des habitudes prises, non par un goût du scandale qui n'entre pas dans ses préoccupations, mais par un ordre de sa personne secrète, ordre dont il n'est que le véhicule, le domestique, et auquel il importe d'obéir.

Il est difficile, non seulement pour nous autres qui ne préjugeons point en face du neuf, mais pour n'importe quelle âme libre, de comprendre, à distance, quelles ruptures d'habitudes firent de certaines œuvres classiques, des insultes.

Par quel langage l'*Olympia* de Manet pouvait-elle insulter Théophile Gautier qui la traite de gorille ? Quelle était l'insulte de *Pelléas*, de Cézanne, de Renoir ? On se le demande. C'est sans doute par où ils s'écartaient d'un canon que toutes les œuvres maîtresses contredisent.

Quelle langue parlait donc Chardin afin que Diderot conseille de s'éloigner beaucoup pour voir ce que ses tableaux représentent ?

Et, preuve étant faite, qu'en fin de compte, tous les scandales sérieux finissent au Louvre, à l'Académie, à la Comédie-Française et au Concert Colonne, comment se peut-il que tant de jeunes s'acharnent à suivre une route inerte qui ne les enfonce pas en eux-mêmes ?

Sans doute sont-ils les victimes de quelque paresse, de quelque crainte devant les obstacles et les luttes douloureuses qu'un artiste, digne de ce nom, traverse, qu'il se nomme Racine ou Van Gogh.

Le public nous accuse de manquer de sérieux. Je l'accuse, moi, de manquer de sérieux, de ce sérieux qui ne laisse en nous aucune place assise, supprime le confort, nous mène à coups de trique et d'échecs en échecs jusqu'à l'accomplissement de notre message.

Alfred de Musset, dans un article autographe que je possède, se plaint de ce qu'à son époque, — la plus riche, semble-t-il, — il n'existe aucun poète, aucun peintre, aucun musicien, que l'Opéra chante faux et que la Comédie-Française croule sous la poussière. Le leitmotiv de l'article est : « Il n'y a rien, rien, rien. »

Voilà l'exemple type de l'erreur où nous plonge l'absence de recul. Le nez sur notre époque, nous la jugeons par détails et par taches comme cette tête de mort de Holbein qui ne se forme que vue de loin et sous un certain angle.

En outre, la France possède une pente fâcheuse à discréditer ses produits et son journalisme à la mettre plus bas que terre.

Dès qu'on voyage, on est stupéfait de l'accueil qu'on nous réserve. C'est que la distance joue le rôle du temps, donne un recul et qu'en outre, l'étranger nous reçoit en ami alors que la France est notre famille et nous tarabuste.

Revenons à ce sérieux dont je tâche de parler d'une plume légère.

Certes, il en faut pour tous les goûts. Et que répondre à ceux qui disent : « C'est mon goût qui n'est pas le vôtre » ? Sans doute par la phrase de Baudelaire : « J'ai payé cher d'être devenu infaillible. »

Un jour que Picasso montrait une de ses toiles à un visiteur qui lui déclarait « ne pas comprendre », il lui demanda s'il parlait le chinois, et le visiteur répondant que non, il dit : « Eh bien ! cela s'apprend. »

Ceux qui jugent vite et décident que ce qui les dépasse est absurde, ceux-là devraient méditer cette

Portrait d'Al Brown.

réponse et l'histoire suivante que je trouve fort drôle.
Mme J.-M. Sert, alors jeune femme de T. Nathanson,
s'ennuyait à Bayreuth pendant *le Crépuscule des
Dieux*. « C'est trop long », confiait-elle à son voisin.
Alors un vieux monsieur, placé derrière elle, se penche
et murmure : « C'est peut-être vous, jeune dame, qui
êtes trop courte. »

Mais le manque de sérieux de Mme J.-M. Sert était
stendhalien. Elle avait connu tout l'exceptionnel de son
époque, l'avait aimé, adopté sans l'ombre de *faux*

sérieux. Elle en parlait avec la gentillesse d'une femme qui parle de ses robes. On lui pardonnait sa faculté d'ennui, d'abord parce que l'ennui n'est pas un privilège du beau, ensuite parce que sa légèreté la transportait infailliblement à la pointe des choses. Hélas ! pour une femme de ce style et que nous venons de perdre, combien d'autres qui décrètent sans réfléchir et se croient le centre du monde !

« Là, je ne les suis plus. » Voilà ce que j'ai entendu dire à l'une d'elles qui feuilletait un album d'œuvres cubistes et venait de tomber sur une œuvre ressemblante.

Trop de hâte, trop de bars, trop de caves, trop de spectacles, trop de films, trop de jazz, trop de radio, trop de magasins et de magazines. Le sérieux y sombre. Chacun s'y perd qui n'a pas une ligne profonde, un peu de solitude, et le respect de ce qui s'oppose à son rythme.

M. Bergeret serre longuement la main de M. Roux « par crainte d'offenser la beauté inconnue ». M. Roux sortait de lui lire un poème que M. Bergeret estimait incompréhensible. J'ai toujours beaucoup aimé cette phrase d'Anatole France.

La légèreté dont argue Nietzsche n'est pas la frivolité. Elle relève du danseur et de l'équilibriste. Elle se meut sur le vide et sur la mort. Ceux qui la possèdent déconcertent les personnes trop soumises à la gravitation et de semelles lourdes. *Elles ne la prennent pas au sérieux.*

Leur sérieux ressemble étrangement à celui des animaux qui ne savent point sourire. Elles s'en drapent et méprisent ce qui monte à la surface de l'esprit avec l'aisance du liège. Car les profondeurs cherchent l'air à la surface et les surfaces prétendent respirer aux profondeurs.

Pendant plusieurs années, nous vîmes le public s'ennuyer à des spectacles où le discours l'emportait sur l'acte. Elles s'y rassuraient, s'y sanctifiaient paresseusement comme à la messe de midi.

J'ajoute que la passion effraye et semble toujours ridicule à ceux qui ne l'éprouvent pas.

L'existence d'un artiste est une longue crise. Comment serait-elle lisible à ceux qui n'attendent de l'art qu'une agréable détente ?

Le drame de l'art est qu'il choque la race qui s'en délectera dans la suite. S'il ne la choque point au préalable, c'est qu'il a ses roses trop ouvertes et promptes à se faner.

Il importe de se mettre en face de tels problèmes, de les méditer avant le verdict.

Il importe que ceux qui jugent ne craignent pas le choc qui les bouscule et les oblige à une sorte de réveil en sursaut.

Il importe de ne pas défenestrer inconsidérément le travail des hommes qui se ravagent pour la jouissance de leurs semblables.

Il importe d'apprendre à se réveiller en sursaut et de refréner le réflexe qui nous pousse à considérer en ennemis ceux qui nous réveillent.

LE CORDON OMBILICAL
(souvenirs)

1962

Ce livre fut écrit à Marbella, en Espagne, et achevé le 25 septembre 1961. Son amie Denise Bourdet l'avait sollicité pour un volume d'une collection visant à expliciter les rapports entre l'auteur et ses personnages. L'occasion se présentait pour Jean Cocteau de mettre au clair ce qui avait donné lieu à tant de fausses interprétations et de légendes, de défendre cette invisibilité de la poésie à laquelle le poète soumet sa vie, et d'affronter l'incompréhension et l'hostilité de ceux que la vérité, de toute façon, dérange.

À DENISE BOURDET

Ma chère Denise,

C'est d'une amitié qui ne date pas d'hier que résultent ces quelques notes. Rappelle-toi ma typhoïde à Toulon, et Tamaris, où tu me soignais dans la Villa Blanche. *Souviens-toi de ma longue convalescence où je te lisais Feydeau. Souviens-toi d'Édouard me racontant sa prochaine pièce. Souviens-toi de Jouvet écoutant* La Machine infernale. *Souviens-toi de Christian Bérard qui, déjà, en inventait les décors et les costumes. J'aimerais t'offrir un livre digne d'une amitié si longue et si fidèle. Mais on ne fait pas toujours ce qu'on veut.*

JEAN.

9 octobre 1961.

De même qu'il y avait à Rome, outre les Romains, un peuple de statues, il existe en dehors de ce monde réel, un monde imaginaire, beaucoup plus vaste peut-être, dans lequel vivent la plupart des hommes.

GOETHE.

C'est en relisant les Mémoires de Benvenuto Cellini que j'éprouvai le charme de n'importe quelle traduction des sonnets de la Renaissance italienne. J'eus alors l'idée de sonnets en prose et d'en écrire trois comme frontispice à ce petit livre, et trois autres comme cul-de-lampe.

I

D'où m'arrive l'énigmatique trésor
que j'enterre dans l'inattention des hommes
Sous le désordre tumultueux de leurs pas
j'en destine à des amis futurs l'héritage

Quelquefois par absurde orgueil j'aimerais avouer
cette fortune dont nul ne s'avise
mais s'il m'échappe quelque parole imprudente
nombre de sourires supérieurs la protègent

Bientôt j'irai rejoindre ma profonde réserve
Chaque jour augmente son pouvoir incorruptible
et c'est par elle que je ressusciterai d'entre les morts

Sur nous autres le Temps n'a pas de prise
qui ne soignons que l'invisible beauté de l'âme
car cette braise entretient le feu de l'oiseau Phénix

II

Celui qui de son destin observe une seule face
Souvent croit être abandonné des dieux
Mais il arrive que la médaille se retourne
Et dénonce une aide surnaturelle

Son corps à la longue se harnache
D'un métal qui le rend invulnérable
Ou du moins des coups amortit la violence
L'archange saint Michel ne porte pas autre chemise

Malgré la nature et l'homme qui se veut
Responsable des crimes qu'elle lui souffle
Cette éblouissante cote de mailles le protège

L'échec serait-il une faveur des muses
Car si la gloire immédiate nous aveugle
Elle oppose un obstacle impur à nos rêves

III

Le destin il est vrai m'a donné une apparence humaine
Mais un étrange étranger habite en moi
Je le connais mal et il m'arrive à l'improviste
D'y penser comme on se réveille en sursaut

Parfois l'étranger me laisse en paix et somnole
Parfois il se démène dans sa cellule
Mes œuvres sont ce qui de lui s'évade
Avec police et meute à leurs trousses

Vous êtes me dira-t-on un drôle de corps
Il ne sert que de prison à un seul hôte
Tandis que plusieurs inconnus successifs le figurent

Étranger irascible je ne connais de toi
Que tes révoltes contre ces naïfs qui te servent
Et payent cher de désobéir à tes ordres

« La prose est une guerre contre la poésie. »

NIETZSCHE.

La poésie — même pour ceux qui la considèrent comme un luxe inutile et asocial — représente une manière de privilège, partant d'injustice, que jalousent secrètement ceux qui la condamnent. Disons afin de rendre les choses moins confuses, que les Lettres présentent, depuis plusieurs siècles, un antagonisme féroce entre les écrivains qui naissent avec ce terrible privilège et ceux que la jalousie pousse à le croire obtenu par artifice et qui s'imaginent souvent pouvoir y prétendre. Sans cette lutte, cette chasse à courre qu'une certaine disposition de l'âme provoque et dont la meute des encyclopédistes derrière le lièvre Jean-Jacques reste l'exemple (exemple d'autant plus significatif que Rousseau peut prêter à confusion et que l'allure « poétique » de son œuvre s'oppose à la poésie véritable de son âme naïve et maladroite) sans, dis-je, cette lutte ancestrale, il est impossible de rien comprendre à cette fameuse malédiction qui fait du titre *Poésie Maudite* de Verlaine un pléonasme.

Car ce privilège de naissance ressemble à celui des aristocrates. C'est pourquoi je ne sais quel docteur Guillotin s'efforce d'y mettre bon ordre et l'œuvre des poètes semble accompagné en sourdine par le bruit de couperet qui achève en coulisse l'opéra tiré par Poulenc du *Dialogue des Carmélites*.

Car le poète meurt sans cesse et doit, pareil au Phénix, renaître de ses cendres, exercice funèbre que les *prosateurs* (continuons à simplifier par l'emploi de ce

terme) ont vite fait de mettre sur le compte d'un subterfuge analogue à la jonglerie des fakirs et des médiums
de music-hall.

Quitte à exciter les habits rouges et la meute qui
me poursuivent depuis 1914, il m'est indispensable de
signaler ma découverte (vers 1916) que les muses, loin
d'être de bonnes fées, sont des mantes religieuses
dévorant le mâle pendant l'acte d'amour, et que la poésie au lieu d'un charme est un sacerdoce, un monastère
où il importe de se cloîtrer coûte que coûte, après avoir
abandonné l'estrade de la distribution de prix. À vrai
dire, d'éviter cette estrade où l'actualité triomphe, et
de travailler dessous, dans l'ombre du *qui perd gagne*
laquelle s'oppose aux feux du *qui gagne perd*
— méthode défavorable dans une époque de hâte et
d'immédiat ayant oublié que les muses patientes ten-
dent le piège de l'auto-stoppisme à ceux qui ne se rési-
gnent pas à poursuivre à pied la route douloureuse.
Les poètes doivent vivre au-dessus des moyens de leur
époque et la gloire reconnaîtra les siens à ce qu'ils
agonisent toute leur vie et même après leur mort.

On a vu de fraîche date, la houle furieuse que soulevait le titre idéologique et carnavalesque de Prince des
poètes. La colère provoquée par ce vote dénonçait
ceux-là mêmes qui le tiennent pour absurde.

Il importe donc d'admettre ce rôle de gibier et de
déjouer la chasse par des zigzags et des ruses qui nous
font accuser de mensonge.

Il est du reste impossible de définir la signification
de l'étrange verdict. Il le faut considérer comme la dernière ressource d'un tribunal afin d'abattre une victime
innocente, car le crime d'innocence est le seul auquel
nos juges puissent avoir recours. Crime fort grave,
puisque comme je le dis dans *le Testament d'Orphée*,
il ne tombe sous le coup d'aucune juridiction précise
et de ce fait rend l'accusé suspect et capable d'innombrables crimes en puissance.

La liste est longue de ceux que pousse au racisme le

malaise de ne pas appartenir à la race maudite et qui, fût-ce par l'emploi des tables tournantes, s'efforcent d'en pénétrer les arcanes. (Barrès et Gide, entre autres.) Et, au sommet de l'échelle, ce Nietzsche, trop noble pour endosser l'habit rouge, mais que la détresse de savoir *Zarathoustra* davantage de la race poétique que de celle des poètes, vint échouer dans le fauteuil de Weimar, victime de la vengeance du schizophrène, à cause de la mise en œuvre d'un orgueil qui se croyait libre de désobéir à ses ordres.

En ce qui concerne le fameux « *Mme Bovary c'est moi* », de Flaubert, peut-être devrais-je dire, bien qu'il soit un moi qui n'est pas moi, que je suis l'ange Heurtebise, nom qui camoufle, sans doute, le seigneur obscur, le fou dont les enfants et les poètes sont les seuls à n'avoir pas honte. Sans doute ce tortionnaire nocturne est-il de la famille d'Orphée et d'Œdipe, me pousse-t-il à endosser leur pourpre. Cependant, certaine désobéissance m'autorisait à user de sources réalistes comme dans *le Grand Écart* où Gide — incapable d'admettre que je ne fusse pas aveuglément de sa religion — voyait dans Madeleine Carlier un travesti pareil à celui de l'Albertine de Proust et approuvait sans réserve *Thomas l'Imposteur* parce qu'il estimait mon héros appartenir à son mythe.

Peu à peu je devais rompre avec les origines précises. Et déjà pour le personnage de ce Dargelos dont je n'avais emprunté que le nom, que J.-J. Kihm crut être mon modèle, que découvrit en chair et en os Pierre Chanel en 1960 dans une petite maison de Seine-et-Oise, et avec lequel je suis en correspondance. Il accepta, avec une bonne grâce charmante, de prêter son nom prestigieux à un songe.

La tâche est peu commode de résoudre le problème que Denise Bourdet nous propose, lorsque le meilleur de nous arrive d'une nuit profonde dont nous ne sommes que les intermédiaires.

Il est probable que les nombreuses périodes contradictoires qui m'ont conduit d'une formation désastreuse que je tenais de ma famille, éprise de dilettantisme, jusqu'à ce Montparnasse où, après la leçon de Strawinsky, celles de Picasso et de Radiguet devaient me mettre sur la bonne route, se reflètent dans mon œuvre et déconcertent les juges accoutumés à une ligne droite. Je n'en reste pas moins convaincu qu'une ligne droite peut être méandreuse et que les règles admises n'ont rien de commun avec les nôtres, je veux dire avec celles des écrivains qui laissent couler leur sang par le bec de leur plume.

Je me suis souvent demandé ce qui m'obligeait à me préoccuper, à mon insu, du sang léger de la Quête du Graal, du sang lourd d'Œdipe et de cet Orphée dont on se demande s'il n'a pas exprès regardé Eurydice et si un destin misogyne ne le mena pas vers le supplice des Bacchantes. La découverte du sanctuaire orphique souterrain de Rome, au centre duquel l'aigle emporte un Ganymède adulte, accréditerait cette interprétation de la légende.

Bref, plus je m'efforce de m'introduire dans le monde ténébreux où l'expiration remplace une inspiration qui nous viendrait de quelque ciel, moins je démêle la pelote d'un fil qui risque sans cesse de se rompre et de nous laisser aux prises avec les détours du labyrinthe où nous conduisent ensemble la peur du Minotaure et la curiosité de l'apercevoir.

*

Ce n'est pas sans crainte que j'ai décidé de répondre à la prière d'une amie. Car, à peine une œuvre écrite, la voilà posthume. Je serais incapable d'en faire un double et je me demande toujours ce qui m'a rendu capable d'en être l'auteur. Et j'estime que cette diversité de mes entreprises ne vient pas seulement de l'aide mystérieuse qui me dirige mais aussi de Picasso dont l'exemple nous enseigne à ne jamais, comme disent les

Orientaux, « *marcher deux fois sur la queue du tigre* ». Je n'ignore pas que le public aime mieux reconnaître que connaître et que la méthode qui consiste à ne pas être reconnu à la forme du visage mais au regard, nous vaut d'être cru velléitaire. Peu importe. Je ne pense pas qu'on progresse en se copiant et j'estime qu'à cogner sur le même clou on finit par l'aplatir. Une œuvre ne vaut que si elle s'intègre dans un œuvre. C'est l'ensemble qui compte et la répétition d'un style provoquerait cet ennui qu'on respecte et que les lecteurs prennent pour une fidélité à soi-même, alors qu'il ne résulte que d'une paresse.

En vérité les personnages qui peuplent notre œuvre ont moins d'importance que son architecture. Attacher de l'importance à l'anecdote revient à juger un peintre d'après ses modèles au lieu de découvrir son auto-portrait dans la manière de les peindre. Être antimilitariste n'empêche pas d'admirer le Zouave de Van Gogh et ce serait une grave insulte que d'apprécier une toile abstraite sous prétexte que ses taches et ses couleurs conviennent au décor de la chambre dans laquelle on l'accroche. Il en va de même pour l'encre, et j'attache plus d'importance à la construction piranésienne de Proust, aux échafaudages qui servirent à l'édifier, qu'aux anges et aux diables qu'il loge dans les niches de sa cathédrale.

La phrase de Flaubert est significative non parce qu'elle offre une baguette de coudrier aux chercheurs de sources, mais parce qu'elle souligne l'auto-portrait qu'un peintre sincère ne peut s'empêcher de donner de lui, qu'il peigne un paysage, une personne ou une nature morte, la peinture et l'écriture étant davantage une manière d'être qu'une manière d'écrire ou de peindre. Ce n'est pas une ressemblance superficielle avec les différents modèles qu'il mélange qui nous renseigne sur les vertus ou les vices d'un romancier, mais la science avec laquelle il opère ce mélange.

Hélas, notre époque éprise de hâte et qui prétend

juger d'un rapide coup d'œil, ne cherche à satisfaire que ce besoin de reconnaître dont je parlais et qui exige moins d'effort que la connaissance.

C'est ainsi, chez Proust, qu'on cite, pour la princesse de Guermantes, Mme Adhéaume de Chevigné qui lui inspira la duchesse, alors que la princesse lui fut inspirée par la comtesse Greffhule et que le comte Greffhule lui procura les grandes lignes du duc de Guermantes. J'ai souvent entendu les gens du monde prétendre que Proust ne les connaissait pas, parce qu'ils ne se connaissent pas eux-mêmes. Ils ne se reconnaissaient pas davantage dans Balzac.

Un jour que je rencontrai rue d'Astorg, sortant de son hôtel, le comte Greffhule, comme je lui demandais s'il se rendrait bientôt à Boisgoudran (son château de campagne), il me répondit en fronçant ses sourcils jupitériens : « *Je vais m'y rendre cette semaine pour répondre à M. Proust.* » Je regrette que ce projet n'ait pas eu de suite. Il aurait pu être drôle.

Un soir, au Japon, que je m'inquiétais de voir Charles Chaplin très las et que je lui en demandais la raison, il me répondit : « Pense au nombre de salles dans lesquelles je joue chaque soir. » Or, il m'arrive d'éprouver une fatigue lorsque je pense au nombre de personnages que j'ai mis au monde et qui ont vite fait de prendre le large. Nos œuvres ne tardent pas à se séparer de nous, et même lorsque nous les écrivons ou les peignons, nous ressentons ce besoin qu'elles éprouvent de nous fuir et de vivre à leur guise. Parfois même je sens comme une hostilité de mes personnages et qu'ils ne m'appartiennent pas plus que les enfants, par leurs caractères disparates, n'appartiennent à leur famille, et la jugent comme il arriverait si le Don Quichotte de Unamuno n'avait pas attendu ce philosophe pour reprocher à Cervantès de le tourner en ridicule, de ne pas reconnaître la sainteté de son entreprise et la haute leçon de pureté qu'il donne au duc, à la duchesse et au monde.

Nos personnages nous appartiennent si peu que je me souviens d'avoir éprouvé ce qu'Alexandre Dumas ressentait après la mort de Porthos et d'avoir annoncé à Radiguet celle de Thomas l'Imposteur, avec la même tristesse. Le terrible est que j'eusse été incapable de la retarder d'une minute et qu'il me fallait obéir à son destin beaucoup plus qu'à la courbe de mon histoire.

J'ai souvent raconté la halte que m'imposa pendant que je composais *les Enfants Terribles* à la clinique de Saint-Cloud — dix-sept pages par dix-sept pages — la liberté que j'avais prise de quitter ce rôle de médium pour y substituer certaines idées personnelles, la force mystérieuse qui me dictait le livre me tournant bel et bien le dos et se repliant sur elle-même en silence. Il me fallut attendre, tête basse, que dix-sept jours après cette halte, le rythme voulût se remettre en marche. Mes pages les plus importantes sont, à mon estime, celles où je ne me suis pas mêlé de mon travail, où j'acceptais le rôle subalterne de scribe — comme par exemple pour le poème *l'Ange Heurtebise* où j'explique, dans le *Journal d'un Inconnu*, l'obéissance passive qui n'opposait aucune révolte à ses ordres tout en sachant qu'ils ajoutaient aux humains un prétexte à me rayer de leurs listes.

Car c'est un des crimes contre l'esprit que de nous croire Don Juan alors que nous sommes Leporello et qu'il nous fait revêtir son costume afin d'être rossés à sa place, que d'empiéter par orgueil et par ce sens de la responsabilité qui permet aux hommes d'oublier leur servitude, sur le rôle du moi obscur, lequel, des profondeurs, dirige, non sans mauvaise grâce, notre moi de surface.

Et même lorsque nous prétendons nous passer du maître, comme je me l'imaginais en répondant par l'esquisse des *Parents Terribles* à une prière d'Yvonne de Bray et de Jean Marais, je ne fus pas long à me rendre compte, dans l'hôtel de Montargis où j'avais cherché refuge, que la pièce et mes personnages me conduisaient où il leur plaisait que je les menasse. Jean Marais devait dire ensuite que lorsqu'il me voyait écrire j'offrais le spectacle d'une tête de bagnard qui faisait peur.

Pareillement à la clinique de Saint-Cloud dont l'infirmière disait à Raymond Roussel qui me le rapporta (il habitait une chambre voisine) : « Quand mon malade écrit, il fait une figure qu'on n'aimerait pas rencontrer au coin d'un bois. »

Bref ces notes seraient fort prétentieuses si elles ne me reléguaient à l'arrière-plan. Il est vrai que les écrivains conscients et encyclopédistes prennent les aveux de cette sorte pour vantardise propre à embellir notre tâche et à en rendre responsable un génie nous ayant adopté comme habitacle et comme secrétaire.

Mais c'est nous prétendre libres et responsables de nos propos qui serait vantardise et je me dois de rester fidèle à une méthode honnête que nos juges confondent avec le comble de l'adresse et du machiavélisme.

Le cordon ombilical qui nous attache aux créatures de notre œuvre se fait encore sentir davantage, en ce qui me concerne, lorsqu'il s'agit de celles dont s'ornent les murs et les arches de la chapelle Saint-Pierre de Villefranche ou de la salle des mariages de l'hôtel de ville de Menton. Si, de la route qui me mène à la villa *Santo-Sospir*, où je suis l'hôte de Mme Alec Weisweiller, je regarde au loin, entre le carrefour de Saint-Jean et celui de Passable, la chapelle rendue minuscule par la distance, je m'étonne que des personnages auxquels je reste attaché par les moindres lignes qui les composent puissent vivre à cette échelle. Je ferme les yeux, et me voilà sous les courbes romanes, soulagé de ce que le cordon qui semble être le prolongement de ces lignes ne me tire plus désagréablement vers elles. Car nos livres et nos héros ont tendance à se débarrasser de nous et à prendre le large, mais les pêcheurs, les centurions, les servantes, Saint Pierre, le Christ, la Vierge et les gitans des Saintes-Maries me demeurent plus fidèles et comme prisonniers du sanctuaire.

Notre époque, trop paresseuse et trop pressée pour le pèlerinage, ne connaît guère la peinture, la sculpture, la musique, que par l'entremise du disque et de la photographie. Les textes, eux, se promènent et nous trahissent par des mariages de raison ou d'amour avec les traducteurs des langues étrangères. Seulement, seul l'objet du pèlerinage conserve le prestige qui auréolait la musique française aux oreilles de J.-S. Bach lorsqu'il parcourait plusieurs lieues à pied pour l'entendre. Aucune image, même en couleurs et favorablement prise par le photographe, ne rayonne de cet étrange halo émotif qui nous empoigne les tripes devant la jeune fille au bonnet bleu de Vermeer ou *la Bohémienne Endormie*, lorsque nous nous sommes donné la peine de les saluer sur place. Combien de personnes qui croyaient connaître ma petite chapelle m'ont avoué, après avoir franchi sa porte, n'en avoir eu connaissance que par des magazines et fait leurs excuses d'un jugement hâtif. Comment d'après de plates reproductions eussent-ils pu comprendre que je m'étais en quelque sorte métamorphosé en chapelle et qu'une lumière de soleil traversant une coquille d'œuf baigne un entrelacs linéaire où une âme noble se trouve prise dans les mailles d'un filet de pêche. Comment auraient-ils découvert que le Christ, d'abord invisible par la perspective d'une courbe de l'abside, apparaît au fur et à mesure que l'œil s'approche de l'autel. Il n'en reste pas moins vrai que la petite chapelle romane enferme une troupe imaginaire de figures que j'ai mises au monde, les unes sorties de mes ténèbres intimes, les autres paraphrasant les admirables documents que Lucien Clergue, « excellent photographe », pour reprendre la phrase d'une dédicace de Gongora, m'offrit comme base. Pas moins vrai qu'elles ne peuvent s'enfuir et que, loin de Villefranche, il me rassure de les savoir captives à l'exemple de ces jaloux qui emprisonnent l'objet de leur amour.

Là encore se pose l'énigme des monstres qui naissent des noces mystérieuses du conscient et de l'inconscience — et je m'en serais voulu de prendre ces notes en oubliant cette famille que je possède à Menton, à Villefranche, à Milly, à Marbella et à Londres, famille dont les membres m'évoquent cette ombre chinoise d'homme, imprimée contre un mur d'Hiroshima par un de ces phénomènes nucléaires aussi incompréhensibles que certains caprices de la foudre.

À force de m'abolir au bénéfice de leur mise au monde, en quelque sorte à force de devenir mur, à force d'être projeté hors de moi par la difficulté de ma besogne, cette famille pourrait bien n'être que l'ombre nombreuse que je laisserai de moi lorsque je disparaîtrai, victime de l'explosif au ralenti qui nous désintègre.

*

Lorsque j'écrivais au Lavandou *le Grand Écart*, qui, sans Jacques Chardonne, serait peut-être resté sur ma table, je croyais encore à l'efficacité du souvenir.

À dix-sept ans, j'étais amoureux fou de Madeleine Carlier, actrice sur les bords, que Liane de Pougy Ghika comparait à un brugnon et dont la haute coiffure en désordre préfigurait celle de Brigitte Bardot. Madeleine avait trente ans et le conseil de famille s'effrayait de me voir vivre avec *« une vieille femme » (sic)*. Bref j'étais heureux de fixer mon amour d'adolescence et le désespoir qui me laissa de longues cicatrices alors que Madeleine me préféra un de mes camarades de classe.

La pension (rue Claude-Bernard) de M. Dietz, grand-père et arrière-grand-père de Pierre Fresnay et de Roland Laudenbach, fit le reste.

C'est ensuite que le jeune imposteur Castelnau devint Thomas et que Jean et Jeanne Bourgoint devinrent les Enfants Terribles — mais déjà je les mythifiais et le moi obscur qui me dirige m'éloignait du réalisme. Cependant une tendresse secoue le shaker et mélange avec les cubes de glace du passé mort la réalité et le rêve.

Passée cette période, il m'arriva de prendre contact avec la tragédie grecque qui passait à l'époque pour une contrainte de baccalauréat. Voici comment cette rencontre eut lieu.

J'habitais en compagnie de Radiguet et d'Auric, la pension de famille Bessy à Pramousquiers où je reçus la visite de Philippe Legrand, un camarade de mes plages d'enfance. Il arrivait de Grèce et en rapportait

une de ces cannes de berger qui se terminent par une
corne de chevreau semblable au sourcil de Minerve. Il
m'offrit cette canne, et pendant mes longues prome-
nades autour du cap Nègre, elle me suggéra de
recoudre la peau de la vieille tragédie grecque et de la
mettre au rythme de notre époque. Je commençai par
Antigone. Mlle Chanel habilla mes héroïnes de laines
écossaises, Picasso tira de son génie quelques colonnes
de fusain et de sanguine, un trou d'ombre figura la *vox
populi* et Dullin qui jouait Créon et Artaud qui jouait
Tirésias firent de Mlle Athanasiou, danseuse qui parlait
à peine notre langue, une interprète idéale de la sainte
païenne dont je place la révolte à côté de celle de cette
sainte Jeanne dont Péguy m'enseigna le véritable rôle
d'anarchiste. Nos juges incultes ne sachant par où
m'atteindre virent dans le dialogue sublime de
Sophocle une insolence de mon cru. La célèbre phrase
« *Sait-on si nos frontières ont un sens chez les morts* »
souleva leur colère. Seulement la jeunesse aime la lutte
et le prince Œdipe allait suivre et me conduire jusqu'au
chantre de Thrace.

La jeunesse est injuste et féroce. Une résistance aux
brumes de l'Impressionnisme me dicta ce *Coq et l'Arlequin* où je me vengeai de ce que *le Sacre du Printemps* bouleversait nos théories. Strawinsky s'en
affecta fort. Après une brouille, pendant laquelle, sans
que je m'en doutasse, il allait devenir plus royaliste
que le roi, se latiniser et tourner le dos à son mysticisme russe, nous nous réconciliâmes, et il me
demanda d'écrire en latin le livret d'un oratorio grec
qu'il destinait au Jubilé de Serge de Diaghilew, *Œdi-
pus Rex*. Le R.P. Daniélou vint à mon aide — car
j'étais médiocre latiniste — et ce fut l'origine de ce
chef-d'œuvre musical bouclé comme la barbe de Zeus.

Œdipus-Rex, Orphée, la Machine Infernale, autant
d'œuvres vers lesquelles me conduisait par un fil rouge
et or ce mal du théâtre que j'ai dû prendre au Châtelet

à l'âge des rougeoles et des scarlatines et qui, sans doute, ne me quittera plus.

C'est alors que, pareils aux acteurs des drames absurdes et magnifiques du sommeil, *les Chevaliers de la Table Ronde*, qui m'étaient complètement étrangers, firent irruption dans la chambre de la rue Vignon où je menais l'existence agoraphobique de la séquestrée de Poitiers. La pièce se construisait sans que je connusse rien de ses origines. Jouvet, qui m'avait poussé à l'écrire, l'estima confuse, comprenant mal ce Ginifer invisible, sauf sous l'apparence des personnages qu'il incarne. Et, plus tard, lorsque je lui lus *les Parents Terribles*, il me dit qu'il aimait la pièce, mais « *qu'il lui fallait gagner de l'argent* ». On devine sa déconvenue après le succès de l'œuvre et de Jean Marais qu'il jugeait incapable de tenir le rôle.

Les personnages de ces pièces devaient se confondre, ensuite, avec leurs interprètes, et ce sont eux, de Dullin à Pitoëff, d'Yvonne de Bray à Gabrielle Dorziat, de Germaine Dermoz à Jean Marais qui me ligotent au point que je recule devant l'offre de reprises avec une distribution nouvelle.

Jean Genet estime que le rôle d'Yvonne sort d'un instinct maternel qui me pousse vers les adoptions amicales. C'est possible. Mais là encore c'est ce que Jean Marais me racontait de sa mère et des disputes entre sa mère véritable et Yvonne de Bray qui prétendait l'être, qui fut à l'origine d'une intrigue de vaudeville dramatique où j'enchevêtre le rire et les larmes.

Peu à peu, je me rends compte combien je réponds mal au programme que Denise Bourdet nous propose et que ces notes hâtives ne ressemblent guère à la thèse qu'il conviendrait de soutenir et de mettre en ordre. Seulement je songe souvent au reproche que Gide me faisait de ne point me *laisser aller* et sans doute suis-je tenté par une école buissonnière, de m'évader momentanément des méthodes rigoureuses que m'impose une obéissance passive à un maître dont je ne suis que le serviteur.

Il ne faudrait pas confondre les œuvres que la modestie du véritable orgueil laisse sortir de nos profondeurs sans vouloir mettre la main à la pâte, et celles que, par faiblesse et vanité stupide, nous nous croyons libres de fabriquer en surface. J'ai deux fois commis cette faute, ce péché contre l'esprit. La première fois, il s'agissait de consoler Yvonne de Bray si triste du départ de Jean Marais pour la guerre que je me suis cru capable d'œuvrer de mon propre chef. La seconde fois, le succès des *Parents Terribles* avait poussé mes directeurs à renouveler l'expérience. Deux taches d'encre en résultent : *les Monstres Sacrés* et *la Machine à Écrire*.

Mes seules excuses sont, pour l'une, d'avoir campé un personnage de jeune mythomane qui précédait à tel point la grande vague de mythomanie chez la jeunesse que le public la croyait sincère, pour l'autre, grâce à la confiante gentillesse de Jean Meyer, d'avoir essayé de rendre à la pièce le relief que les conseils d'un parisianisme frivole lui avaient fait perdre. Là encore une salle des moralistes de cette Occupation dont j'étais la tête de Turc, crut ou feignit de croire que la fausse crise d'épilepsie de Maxime était une crise authentique, malsaine, d'une immoralité agressive. Et ce qui me navre c'est que les deux pièces sont celles que les théâtres de province me demandent le plus souvent de mettre à leur répertoire. Ce double aveu m'ôte un poids sur la conscience.

Cette confession n'est pas, comme on pourrait le prétendre, masochiste et provoquée par un besoin maladif d'aller à confesse. Elle trouve sa place parmi ces notes, car il est remarquable que les personnages des deux pièces ne laisseraient en moi aucune empreinte si le génie d'Yvonne de Bray n'avait magnifié l'un et si l'autre n'avait placé Annie Girardot sur la pente qui devait la conduire vers le succès.

Avouerai-je en outre que j'ai vite improvisé *le Bel Indifférent*, un soir, à l'hôtel Beaujolais pour Édith Piaf qui souhaitait s'essayer sur les planches et que là encore me console la chance de l'avoir eue comme interprète et que plus tard le thème ait donné prétexte à un délicieux dialogue de danse entre Claude Bessy et Bozzoni sous les directives de Serge Lifar.

*

Il est probable que Flaubert a raison et puisque, chez les peintres et quoi qu'ils peignent, même si disparaît le prétexte du modèle, tout s'achève par un autoportrait, il en va de même chez les poètes, et que les héros de leur mythe finissent par composer un seul monstre à nombreuses têtes qui les dénonce et davantage que leur personne s'identifie au moi secret dont ils reçoivent les directives. Ce phénomène trouve son reflet caricatural dans l'anecdote de ce gros Égyptien déclarant à la terrasse d'un café du Caire : « *Vous ne savez pas qui sont les Enfants Terribles de Cocteau ? Eh bien, c'est moi.* » Il le déclarait à un frère et à une sœur de mes amis, fort incrédules, puisqu'ils s'imaginaient les être.

En face d'une toile on prononce le nom du peintre au lieu de celui du modèle. Au lieu de dire : « Une vierge, des anémones, des poissons rouges, une guitare », on dit : « Un Raphaël, un Renoir, un Matisse, un Picasso. » On pourrait donc dire de toute la famille des *Parents Terribles*, par exemple, que c'est moi.

Reconnaître exige moins d'efforts que connaître. Ce n'est pas une science psychologique, c'est un jeu de société. Le public cherche toujours des ressemblances et d'où sortent les créatures de notre imagination. Il le cherche plus volontiers encore dans une œuvre comme *les Parents Terribles* où j'ai voulu *faire le portrait* d'une pièce dite de boulevard — alors que je n'ai jamais connu aucune famille analogue de près ou de loin à celle que je montre — ce qui prouve, une fois de plus, qu'elle suggère non pas des personnalités existantes mais en bloc celle de l'auteur.

Il est probable que c'est cette dépersonnalisation de nos personnages, dépersonnalisation favorable à ce qui nous les assimile, qui m'amène à ne jamais leur inventer de noms de famille et à supprimer en scène l'emploi de la cigarette, du téléphone et des domestiques. Ces bouche-trous mettent autour de nos héros des attributs qui les empâtent et leur ôtent le relief, un réalisme frivole propre à distraire le spectateur de leur ligne droite (qui peut être sinueuse), à leur supprimer cette solitude qui épouse la nôtre et les hausse jusqu'à une simplification héraldique. Il en va de même pour la suppression de la mise en marche de l'intrigue par de vagues préambules permettant aux spectateurs de s'asseoir et de déranger ceux qui sont assis. C'est pourquoi je m'efforce de sauter à pieds joints dans le drame, de ne pas séduire les inattentifs par quelque morceau de sucre apte à les sortir peu à peu de leurs propres intérêts qui les éloignent des nôtres, bref d'exécuter des passes postiches pour provoquer à la longue l'hypnose indispensable à convaincre une foule d'individualistes, trop paresseuse pour rompre brusquement avec ce qui l'empêche de s'endormir et de partager notre rêve.

Que serait Shakespeare s'il ne devenait figure et ne perdait son rôle de « ghost » par l'entremise d'Hamlet, de Roméo ou de Brutus ? Nietzsche souligne fort bien, dans *le Gai Savoir*, ce que le caractère de Brutus nous découvre de l'âme ardente de Shakespeare et c'est par cette sublime mixture d'amour et de cruauté que s'incarne un dramaturge dont on se demanderait s'il n'est pas une fable sans l'unité, qui, sous ses contrastes, lui forge une présence, malgré des chefs-d'œuvre souvent reconstitués grâce à des copies déchirées de rôles, copies découvertes dans des loges d'artistes se doutant à peine du service qu'ils étaient en train de rendre.

Nombre de génies ne prennent racine dans le sol universel que par les graines volantes de leurs créatures auxquelles le spectateur s'identifie ou qu'il rêverait d'être. Dostoïevsky peut dire : le prince Muichine et Smerdiakoff, c'est moi ; Tolstoï : Anna Karénine et Wronsky, c'est moi ; et « c'est moi » peuvent dire tous ceux qui eurent la force d'imposer des ombres à travers les artistes qui les incarnent sur les planches.

*

Il me faut maintenant signaler ces bâtards qui naissent d'une imitation de nos personnages. C'est ainsi que, portant à Bernard Grasset le roman des *Enfants Terribles*, je crus que mes héros, incapables de vivre dans un air impur, ne trouveraient aucune réponse dans une époque microbienne. Je me trompais et le succès du livre m'apprit qu'une foule de jeunes gens et de jeunes filles trouvaient dans Paul et Élisabeth un miroir de leur âme. Ce fut la première vague. La seconde me vint d'une jeunesse qui s'efforçait d'imiter l'étrange agoraphobie de la chambre où mes héros évitaient ce *pluriel* qui mène contre le *singulier* une guerre farouche. Le mécanisme social s'oppose au singulier qui met des bâtons dans ses roues. Mais comme cette race désobéissante sauve les peuples de la platitude qui les menace, il existe, en cachette, d'innombrables révoltes dont mes personnages offrent un exemple mais qui demeurent inefficaces lorsque la mode s'en empare et en adopte artificiellement le style. C'est cela que je nomme nos bâtards, et, malgré d'innombrables témoignages flatteurs, je les flaire à distance et je les évite comme la peste.

Une des vilenies du siècle me fut révélée par la signification incestueuse que certains critiques attribuèrent à mon livre. Il arriva même que les enfants de Thomas Mann, plus apte à comprendre les miens que nul autre, ce dont sa correspondance témoigne, en firent à Berlin une pièce incestueuse et, sans me consulter, plongèrent l'innocence presque monstrueuse de Paul et d'Élisabeth, dans un bocal d'eau trouble. Car nos personnages, dès qu'ils prennent la fuite et veulent chercher fortune ailleurs que chez nous, risquent de se perdre en route et de nous revenir de certaines escapades couverts de honte et de remords à la manière du fils prodigue. S'ils nous reviennent. Car il arrive qu'ils se plaisent sur les mauvais chemins qu'ils confondent avec l'école buissonnière, et nous obligent à témoigner contre eux dans le procès qu'on leur intente.

*

En prenant ces notes, sans la moindre recherche d'ordre ni d'écriture, je m'aperçois que j'approche plus aisément des personnages « de plain-pied » que de ceux qui me vinrent d'on ne sait quelle zone mystérieuse, et qui, tout en m'appartenant, appartiennent sans doute beaucoup plus à ce moi dont je parle souvent et sur les origines duquel je ne possède aucune lumière précise à cause de l'ombre où il se dissimule et d'où il me gouverne.

Sans doute les héros d'*Orphée*, des *Chevaliers de la Table Ronde*, de *la Machine Infernale*, de *Renaud et Armide*, échappent-ils à notre étude comme certains jeux de glace nous présentent à l'improviste, de notre figure, une apparence fort différente de celle à quoi un simple miroir de cabinet de toilette nous avait accoutumés. Et sans doute cette apparence surprenante et parfois pénible est-elle plus vraie et nous dérange-t-elle comme nous déconcerte la minute où notre travail ne s'apparente à aucune autre et par ce manque d'appui nous laisse croire à une perte de notre personnalité alors qu'il en est, au contraire, l'expression la plus secrète.

Ces héros de l'ombre, nés sous l'estrade sur laquelle l'actualité s'agite, m'intimident et il arrive que je ne puisse comprendre par quelle porte ils m'apparurent et par quelle autre ils disparurent en me fermant cette porte au nez à triple tour.

Racine, Corneille, Molière pourraient-ils prononcer une phrase analogue à celle de Flaubert ? Molière, par la simplicité quasi guignolesque de ses héros et Corneille, par l'héroïsme sans défaillance des siens, sont un bon exemple du portrait de l'auteur obtenu par l'ensemble d'un œuvre. Il n'en va pas de même pour Racine dont le rôle dans l'Affaire des Poisons nous met la puce à l'oreille. Peut-être pourrait-il prononcer la phrase en pensant à Phèdre ou à Agrippine. Néron va donner au peuple le spectacle scandaleux de son mariage avec un cocher de cirque et Racine nous laisse entendre par une pointe rapide et par le « *vous* » de Narcisse, qu'il serait, à cette période de sa vie, plus qu'à une princesse naïve, sensible au « *farouche aspect de ses fiers ravisseurs* »[1].

Lorsque Racine ajoute du sucre à ses épices c'est, avec Junie et Aricie qu'il invente, afin de mettre un masque de cour aux extravagances de Néron, plus proches de celles de Monsieur que des aventures du roi, et de rendre plausible la sauvage chasteté d'Hippolyte dans un Versailles uniquement préoccupé d'intrigues amoureuses.

Chez nous la primauté de Molière vient de ce que le Français répugne aux psychologies subtiles et que fort récent est l'obstacle intellectuel qui oppose les partisans de Moussorgsky et de Rimsky-Korsakov, de Dostoïevsky et de Tolstoï, la complexité visible des uns

---

1. Ce *vous* faisait ricaner les sottes lorsque de Max ou Marais jouaient le rôle comme il doit être joué — en y apportant un rien de trouble.

dissimulant la subtilité inapparente des autres. Le Français n'aime ni se répandre ni se contredire. Son cartésianisme le pousse à choisir une œuvre sur laquelle il concentre son dégoût de l'obscur. C'est la chance d'*Adolphe* et de *la Princesse de Clèves* et, je le répète, de ce Molière dont les personnages ne s'écartent jamais de leur vice et sont taillés d'une seule pièce dans le bois précieux d'une langue qui demeure exquise même lorsque ce n'est pas lui ou Mme de Sévigné qui l'emploient.

C'est égal, le Français prouve cette pente à choisir dans le peu d'hommes qui habitent son Panthéon et dans cette faiblesse pour Musset, faiblesse que démontre à Paris le nombre de ses statues, et résultant d'un marivaudage bourgeois qui se blasonnait et se haussait avec Marivaux jusqu'à une suprême élégance.

Un œuvre nombreux agace le Français et dérange le peu de temps qu'il consacre aux exercices de l'esprit. La comtesse de Chevigné, née Sade, qui inspira la duchesse de Guermantes, me disait : « Marcel me fatigue. Je me prends les pieds dans ses phrases », et Shakespeare fut longtemps chez nous victime de sa diversité prodigieuse et de sa désobéissance aux règles d'Aristote.

Aristote et Descartes furent avec Voltaire, fil de soie que la foudre évite, les dangereuses cariatides d'une crainte de se perdre dans le noir qui caractérise mes compatriotes et qui les fait se méfier des poètes depuis que Baudelaire, Rimbaud, Ducasse, en ont découvert les armes secrètes et jeté leur nuit en plein jour.

Il va de soi que Hugo représente le type du génie dont les peuples se déchargent par une transformation de la personne en boulevards, rues et places.

*

Chez lui le moi prend des proportions qui lui permettraient de dire : « Moi c'est moi. »

*

Cela me ramène à ma boutade que propageait Paul
Valéry : « Victor Hugo était un fou qui se prenait pour
Victor Hugo. »

J'écris ces notes à Marbella, sur la côte andalouse.

En Espagne, l'exceptionnel est chose commune. Le peuple est un grand poète qui s'ignore et chez les gitans l'élégance royale s'exprime par une danse dont les sources viennent des Hiérophantes de Memphis et des bas-reliefs des temples de l'Inde, la paresse (napolitaine) par le dégoût de cirer des bottes et d'aller vendre les étoffes que les contrebandiers leur cèdent. S'y ajoute le mépris des touristes qui tapent des mains à tort et à travers et confondent leur trépignement sauvage avec les claquettes.

Les Espagnols usent, pour stigmatiser la fausse élégance, d'un terme intraduisible parce qu'il est le nom d'une famille de Cadix du dix-huitième siècle, famille dont la femme et les filles n'auraient pu prendre pour devise la fameuse réponse de Brummel : « Je ne pouvais être élégant puisque vous m'avez remarqué. » *Cursi*, tel est ce nom, dans un pays dont les familles considéraient le travail comme une honte.

Ma seule réserve à l'admirable critique du *Don Quichotte* par Unamuno nous ramène à notre thèse. Si Cervantès avait sanctifié le personnage dont il pouvait penser : « Don Quichotte c'est moi », il aurait fait preuve d'une suffisance inadmissible dans un pays où les étudiants de Salamanque portaient collier d'or et costumes en loques afin de bien montrer que malgré leur richesse ils méprisaient le luxe ostentatoire. Peut-être Unamuno a-t-il, sans le savoir, découvert ce que Cervantès dissimulait par pudeur sous le comique, à une époque où un duc et une duchesse ne pouvaient être odieux et où la sainteté ne devait être qu'un privilège de l'Église.

Cet anti-cursisme se nomme *Flamenco*, terme qui vient de la morgue hautaine des soldats de Charles Quint lorsqu'ils rentraient des Flandres. *Quel Flamenco !* s'écriaient les Espagnols, s'émerveillant de leurs attitudes, de leur manière de draper la cape et de camper le feutre. J'aimerais y voir aussi l'influence du mot flamme, car le danseur semble en cracher par la bouche et les éteindre avec les mains sur le corps, avec les pieds, sur les planches.

Nous sommes loin de la danse de Carmen chez Lilas Pastia — et cependant, si Mérimée ni Bizet ne peuvent dire : « Carmen c'est moi », l'Espagne le peut, qui adopte l'œuvre de Bizet au point que nombre d'Espagnols emploient le terme *toréador* venu d'une nécessité du rythme musical, et d'ailleurs légitime puisque le torero devient un matador au moment de tuer et que le torero à cheval s'appelle un rejoneador.

*

J'ai tendance à perdre le fil et à m'éloigner en marge de la piste. J'ai toujours été mauvais élève et inapte à construire un discours. Je me souviens du mal que j'ai eu lorsqu'il s'agissait coûte que coûte de remercier l'Académie française pour avoir reçu un mauvais élève dans son illustre compagnie. En Belgique, c'était plus simple, car il s'agissait de faire l'école buissonnière et d'y rejoindre Mme Colette dont j'avais l'honneur d'occuper le fauteuil. Mais cette fois, je me trouve de nouveau devant les *qui que quoi dont* et l'obstacle des rimes internes qui me rendent la prose si difficile. Chaque matin et chaque soir les charmes d'un site andalou me conseillent la paresse et de prendre ce que les autres nomment des vacances après le dur décryptage du *Requiem*, longue saga écrite d'une encre illisible, il y a trois ans, au Cap Ferrat, où j'attendais couché sur le dos que mes globules rouges se reformassent. Hélas, l'appel de la page blanche est plus impérieux que ceux des livres policiers ou de la mer, et me voilà cherchant à expliquer l'inexplicable et à ne pas entendre le rire moqueur de celui sans l'assistance duquel je ne puis être qu'une moitié inutilisable de moi-même.

Et pendant ce temps, les créatures de mes livres, de mes pièces, de mes films, voyagent et intriguent autant que moi de jeunes lecteurs qui les ont imprudemment laissé prendre leurs aises dans leur esprit, à la recherche de camarades moins balourds que ceux du collège ou de la caserne. Les lettres que je reçois témoignent de la désinvolture avec laquelle ils s'imposent et je constate à ma grande surprise qu'ils en usent avec ces jeunes lecteurs comme le firent les innombrables flambeurs et bonneteurs que je ne savais pas mettre à la porte. Il est probable que cette troupe fascinante et désinvolte s'est introduite sans que je m'en aperçusse dans mon œuvre et que non seulement certains de mes héros la reflètent mais encore la besogne démoralisatrice où elle se montre experte et qui m'a tanné le cuir.

C'est une nouvelle preuve que l'œuvre de celui qui s'attache aux autres plus qu'à lui-même s'imprègne moins de son âme que des rencontres et des comparses qui l'ont façonnée avec la douche écossaise des caresses et des coups.

*

De tous mes personnages, les Enfants Terribles sont ceux qui exercèrent le plus d'influence sur la jeunesse et, d'après les lettres que je reçois, l'exercent encore. Mais l'air de leur chambre étant suffocant pour ceux qui ne seraient pas d'une pureté totale et irresponsables de leur excentricité, suffocant aussi pour les *grandes personnes* que Paul et Élisabeth étaient condamnés d'avance à ne pouvoir devenir, je suppose qu'ils n'agissent sur les imaginations que d'une manière superficielle et ne présentent pas les dangers dont on m'accuse.

Le film qui fut tiré du roman servit de prétexte aux tentatives de destruction à la mode. Mais les livres de chance n'ont rien à voir avec les valeurs que nos juges préconisent. Ils se répandent au loin par d'autres routes et le film, d'une exactitude rigoureuse, illustra l'œuvre auprès de ceux qui savent regarder et lire. Un critique m'ayant reproché de « tuer des enfants avec désinvolture » je lui répliquai qu'il valait mieux tuer des enfants idéologiquement que les tuer en chair et en os comme il le faisait dans un article où il massacrait mes jeunes interprètes si pareils à mon rêve que ce massacre assassinait à la fois les enfants du livre et ceux de la réalité. Nicole Stéphane et Édouard Dermit épousaient le type de mes personnages jusqu'à se confondre avec les dessins que j'exécutais en marge de mon livre bien avant leur naissance. Mais telle n'était pas l'opinion de nos juges qui, évidemment, s'y entendent mieux que nous. Ces messieurs, de longue date, m'ont traité d'acrobate et de tricheur. Charmante manière d'interpréter les précipices que je traverse sans le moindre balancier, sur un fil. Et probablement m'eussent-ils dégoûté d'écrire, sans ce considérable public de l'ombre qui ne cherche pas à se faire une opinion d'après celle des autres. Passons. Je n'ai guère coutume de me plaindre et cette attaque perpétuelle et systématique m'a cuirassé et fait de moi un encaisseur de premier ordre. Je dirai même que ma méthode du *qui perd gagne* m'incline à craindre de devenir tabou. Un tabou ne peut être que recouvert d'une dangereuse couche de louanges. Par contre n'être pas tabou nous permet d'être découvert un jour, et le lynchage risque de finir en statue. Cette statue sculptée par les pierres qu'on nous jette est d'ailleurs peu souhaitable, car mieux vaut considérer les hommages comme la preuve d'une invisibilité relative, de fautes commises contre la véritable élégance qui consiste à passer inaperçu et à rester fantôme, ce qui est, somme toute, la façon la plus sûre de hanter certaines âmes.

Nos personnages, eux, évitent la bastonnade. Ils nous abandonnent dès qu'elle approche et de même que la force obscure qui nous emploie nous déguise afin qu'on nous rosse à sa place, de même les créatures qu'elle nous suggère imitent sa prudence et se mythifient alors que nous sommes mystifiés.

Voilà, puisque ce rôle de nos personnages est l'objet de notre discours, ce qui console souvent de la solitude où ils nous laissent et de la méconnaissance où nous sommes de leur destin.

Le paternalisme d'un auteur évoque celui des animaux et ce détachement à l'égard de leur progéniture qui s'affirme jusqu'à des rencontres incestueuses. Mes fils et mes filles courent le monde et prolifèrent dans ces curieuses épousailles qu'il nous arrive de ne jamais connaître, car une pudeur profonde empêche notre véritable public de se signaler à nous et ce sont les hasards qui nous révèlent tardivement les naissances qui résultent de ces noces lointaines.

Un jour que je traversais le pont de Samois où je séjournais dans un hôtel de la berge, je vis passer sur la Marne un cortège de belles péniches neuves dont chacune portait le titre d'une de mes pièces ou d'un de mes livres. Jamais je n'ai cherché à savoir d'où me venait cette surprise et nombreuses sont les circonstances qui m'apprirent à l'improviste les mariages d'amour de mes enfants spirituels.

Le rêve est un monde dont nous sommes autant les dupes que nous le sommes du nôtre. Je me suis toujours méfié de cette extraordinaire fiente de l'âme. Jamais je ne m'en suis servi et même lorsque sa faune et sa flore se fanent sur les plages du réveil, je m'efforce d'oublier le rôle qu'elles jouaient dans la mer qui les anime avec une férocité somptueuse. Seulement, si ma curiosité refuse d'employer la clef des songes avec laquelle les psychanalystes veulent ouvrir les portes de cette zone interdite, je m'efforce de profiter d'un mécanisme qui échappe à notre contrôle et d'en prendre de la graine.

Le rêve procure à chacun une sorte de génie capable de magnifier ou de caricaturer jusqu'à l'épouvante les actes du rêve éveillé dont les hommes se veulent responsables par une résistance orgueilleuse à se mettre aux ordres du sort. Son spectacle mélange les figures et les lieux, et l'adresse du metteur en scène à faire d'une personne plusieurs et de ses décors une paraphrase méconnaissable des nôtres, ne besogne pas autrement que la faculté créatrice. C'est pourquoi l'inattention que prête une oreille étrangère au récit d'un de nos rêves se retrouve dans le mal que nous avons à convaincre un lecteur, une salle de cinématographe ou de théâtre. Et même si le spectateur se laisse convaincre et se livre à notre onde hypnotique, il est rare qu'il ne résiste pas à un spectacle qui ne comporte aucune intrigue, c'est-à-dire la raie à la craie hypnotisant l'œil des poules, et qu'il ne réendosse pas au vestiaire, avec son manteau, la force de résistance par laquelle il se prouve qu'il est libre et ne se laisse point envahir sans combat.

La grande solitude des œuvres vient de ce qu'elles sont admises après avoir perdu leur agressivité, alors que la fatigue de la lutte et l'habitude les aplatissent, les ovalisent, les transforment en classiques, avec le morne ennui des choses qui se rabâchent et qu'il convient d'apprendre. C'est alors qu'elles ressuscitent de cette demi-mort, lorsqu'un acteur ou un animateur en ôte la patine et les montre sous l'angle vif que le temps leur avait fait perdre. Recouvertes on les découvre et nous assistâmes parfois à ce phénomène qu'elles arrivent à retrouver une vertu de scandale, soit que ces angles neufs dérangent une somnolence confortable, soit que les angles d'origine redressent les pointes insolentes que le respect de l'ennui estime incompatibles avec les chefs-d'œuvre.

Voici donc une chance qui nous reste lorsque nous ne serons plus là pour exciter l'intérêt par celui de houspiller notre personne : la faculté résurrectionnelle de nos personnages.

C'est de la sorte que ceux du dernier film de mon très cher Alain Resnais et de Robbe-Grillet, *l'Année Dernière à Marienbad*, me remémorent de vieux films italiens que ni Alain ni Robbe-Grillet ne peuvent avoir vus parce que de nouvelles modes en firent passer le sublime pour ridicule et que les époux de leurs admirables actrices (Francesca Bertini en premier lieu) les ont fait criminellement détruire.

Et c'est une des raisons pour lesquelles Mme Bovary peut tirer Flaubert de sa tombe si son héroïne se met à recoïncider avec des états d'âme ou des règles sociales momentanément défuntes. Que ce soit par un type de femme ou par le total d'une œuvre, il n'est pas douteux que nos créatures portent en elles des explosifs dont la moindre mèche peut prendre feu et réveiller la puissance.

*

En 1938 Roger Capgras et Alice Cocéa furent les seuls à deviner ce que *les Parents Terribles* contenaient d'efficace. En 1961, Roger Capgras édite une collection de disques sous le titre *La Voix de l'Auteur* où les dramaturges lisent leurs pièces. En écoutant mon disque des *Parents Terribles*, je m'aperçus que ce que je croyais conforme à ma lecture aux artistes s'était imprégné de ce que les créateurs et, par la suite, les nombreux comédiens qui reprirent les rôles, avaient ajouté de personnel à mes personnages. Voilà encore une version inédite des noces mystérieuses qui nous prolongent. Le nez du père, les yeux de la mère, la bouche de l'oncle. Ces empreintes d'une famille se retrouvent dans certaines intonations qui se superposent aux miennes et en déterminent l'archétype.

*

Nombre de fils ombilicaux me tourmentent, me tiraillent, malgré l'attitude impavide et confuse de ma descendance. Dieu sait ce qu'elle fricote, en Espagne, en Allemagne, en Angleterre, en Argentine, au Brésil, en Amérique, en Belgique, et j'en passe. De temps à autre il m'en arrive des nouvelles indirectes, particulièrement en ce qui concerne *la Voix Humaine*, car ce solo (je devrais dire duo à cause du téléphone, pour une fois que je m'en sers et lui réserve la vedette) car, dis-je, ce solo tente beaucoup de jeunes actrices et même de moins jeunes qui aiment verser des larmes. Chaque fois, de loin, je les mets en garde. « *Si vous pleurez, le public ne pleure pas* », vérité première dont je constate les résultats lorsque les voyages, la radio ou le disque me mettent nez à nez avec la désobéissance d'interprètes qui n'en veulent faire qu'à leur tête et noient sous un déluge les épisodes d'un monologue, insupportable dès qu'on cesse d'en suivre les moindres détails.

Mme Berthe Bovy, la créatrice à la Comédie-

Française, avait pour elle la chance d'une nature agressive qui l'obligeait à se contraindre, à composer sa douceur, au lieu de se laisser aller sur une pente qui mène vers la chute les comédiennes se servant de l'acte afin de nous confier leurs propres déboires. La même chance d'une nature fougueuse qui se freine vint au secours de Mme Magnani. Lorsque nous tournâmes le film, elle exigea que Roberto Rossellini lui téléphonât d'une chambre voisine, le texte inaudible de l'homme. Sûr de la maîtrise d'Anna, Roberto variait peu les angles de prise de vues. Il la laissait descendre avec sagesse la pente savonneuse où d'autres glissent.

À la Comédie-Française, Berthe Bovy ayant légué son rôle à Louise Comte, j'avais laissé l'enfant sans surveillance. Un soir, à Nice, où Louise jouait l'acte pour le Lion's Club, je vins l'entendre et je m'aperçus avec stupeur que des coupures à la serpe en avaient détraqué le mécanisme. Il ne surnageait que plaintes. C'est ce qui arrive quand notre attention se relâche, et déjà, pendant le film où j'ai pu mettre en conserve l'éblouissante distribution de la reprise des *Parents Terribles* au Gymnase, j'avais navré les interprètes féminines en élaguant les « traditions » et les appogiatures qui s'étaient à la longue introduites dans mes dialogues et dont la mollesse leur simplifiait la besogne mais empâtait la ligne.

Sous mon contrôle maniaque, elles eurent droit aux cigarettes, car elles ne sont répréhensibles que sur les planches où elles servent un déplorable réalisme, suppriment l'intemporalité de la tenue tragique et font les spectatrices se souvenir qu'une détente, permise aux actrices, leur est interdite.

Car enfants terribles et parents terribles occupent les fauteuils de nos théâtres et si nous voulons que fiançailles et épousailles se produisent entre la scène et la salle, il importe de ne pas donner le mauvais exemple.

Il y a trente ans qu'on me cherche. En tête des griefs qu'on me forge, les témoins à charge du procès socratique qu'on m'intente brandissent que je me disperse. Ne savent-ils pas qu'un organisme est fait d'un cœur, d'une foie, d'une rate, de poumons, de reins et ainsi de suite. Comment une œuvre vivrait-elle avec un seul organe ? Et en outre ils ignorent que je n'accepte jamais d'entreprendre une tâche sans la nouer d'un nœud tel qu'il faille avoir recours au subterfuge d'Alexandre pour le vaincre. Couper n'est pas dénouer. Mais couper préconise la méthode du *qui gagne perd* qui s'oppose à la mienne, celle du *qui perd gagne*. Car la leçon paysanne de Gordius n'était autre qu'une leçon de patience donnée à un prince impatient qui volait de triomphe en triomphe jusqu'à cette pauvre borne qu'il prenait pour le bout du monde, borne sur laquelle il s'assoit et se demande : « Que pourrai-je espérer de plus ? » Réponse de l'oracle : « Une cigarette, un bracelet-montre, une auto de course, un transistor, un avion. »

Veulent-ils me louer ? Ils me décrètent magicien. Un coup de baguette et l'œuvre tombe de quelque ciel, toute cuite dans ma bouche. Je veux bien leur confier mon secret : je travaille. Je suis un ouvrier, un artisan, qui s'acharne et ne se contente pas de peu, je l'avoue. Enfermé dans la chapelle de Villefranche comme un pharaon qui peindrait son propre sarcophage, ni jour ni nuit, je ne me décourage. Je ne me couche que si le mur parle à ma place et ne bredouille pas. Le secret professionnel, je le livre avec la manière de s'en servir. Encore faut-il qu'on sache s'en servir et que la tentation de rejoindre le bal et les buveurs de vin ne

devienne pas la plus forte. Il arrive que j'en observe
les danseurs avec envie. Mais j'ai accepté la tonsure et
si même on me piétine, mon vin n'en sera que plus
riche, et si on en vide mes caves, l'Engadine et le
spectre de Nietzsche suffiront à les remplir de nouveau.
Vous ne m'aurez pas. Mettez-vous bien dans la tête
cette triste certitude. Et si vous croyez m'avoir, mes
fils, fussent-ils infidèles, continueront à combattre les
vôtres, à moins — et c'est chose fréquente — que je
ne les enrôle et qu'ils ne témoignent contre vous.

*

Du calme, poète, du calme. Hélas, la nature déteste
une paix qui l'encombre. Un bâton dans la gueule elle
saura imiter le loup, plonger dans le fleuve et se débarrasser de ses puces. À ce désastre salutaire, elle pous-
sera les hommes dont l'orgueil se veut responsable et
qui confondent ses directives avec les leurs. Bien sûr
que ma nombreuse famille ne sortira pas indemne du
déluge. Mais mon devoir est de lui construire une
arche.

Les mauvaises mœurs sont une des seules choses que les gens prêtent aux autres, sans réfléchir. La pureté d'âme et le respect d'autrui n'existent plus guère qu'aux Indes et dans les pays orientaux pour lesquels la France est une tête d'épingle sur une carte, la race blanche une race grossière et sauvage. On se doute que les relations du cœur sont suspectes aux indigènes livides que nous sommes, n'ajoutant foi qu'à celles que les affaires et l'érotisme leur rendent compréhensibles. C'est pourquoi j'écarte de cette étude mes fils adoptifs en chair et en os pour ne m'occuper que des fils sortis de mon crâne comme Minerve de celui de Jupiter.

J'ai souvent dit que Picasso était un couple et que jamais ménage ne s'était autant disputé, n'avait cassé autant de vaisselle. Peut-être Genet a-t-il raison et mon paternalisme se change-t-il en maternalisme lorsque je commets l'imprudence de prendre en charge de jeunes âmes qui remplacent les vrais fils que le destin me devait et qu'il n'a pas permis que j'eusse.

Cependant, bien que ces fils adoptifs ne concernent pas le sujet des présentes notes, il en est un tellement étranger au monde des Lettres qu'il relève presque de la création lyrique. Je parle de l'ex-champion du monde des poids légers, Al Brown. L'analogie de ses méthodes et des miennes m'avait frappé au point que je formai l'étrange projet de le sortir de son désastre de drogues et d'alcool, de prouver, en le remettant sur le ring, que l'intelligence, si le sportif exerce la sienne, est une arme capable de remplacer la force. En outre, il y avait chez ce Noir une manière de poésie. Cette poésie exaspérait la foule qui la méprise et la flaire sous toutes ses formes. Il me plaisait de le conseiller et de le voir traduire mes luttes morales dans le registre physique. Loin d'être beau, Al Brown rayonnait d'on ne sait quelle sorcellerie et il fallait bien, en fin de compte, que les foules sportives s'inclinassent devant le mystère de ses réussites.

Après une cure longue et pénible, et malgré les sourires incrédules des professionnels, Al Brown, attentif à mes conseils, remporta onze victoires consécutives. Je lui enseignai à mettre ses adversaires en confiance par quelques ruses enfantines (par exemple : boire avant le combat de l'eau gazeuse dans une bouteille de champagne) et une fois les naïfs athlètes mal sur leur garde, de les frapper au menton avec une vitesse foudroyante de cobra. C'est sa célèbre allonge du gauche qui rendait Al Brown invincible et sauf si, fatigué par douze rounds, il se laissait vaincre en apparence et gagnait le match aux points, sa méthode consistait à devenir fantôme, à n'être jamais où les pugilistes le croyaient et à ne les foudroyer qu'à coup sûr.

Combien de fois l'ai-je vu décevoir le public en évitant le massacre ? Lorsque je l'excepte de la famille que Raymond Radiguet illustre, c'est, alors que je me représente l'espèce de mort vivante dont je l'ai tiré et sa fin à Harlem de pauvre animal fidèle qui revient mourir dans sa niche, que je me demande si toute cette étrange entreprise ne relève pas du zombisme et s'il n'est pas indispensable de joindre Al Brown à la liste de mes personnages imaginaires. Peut-être est-il mort à Montmartre ou pendant la terrible cure de Sainte-Anne, et l'ai-je réanimé selon les sortilèges du Vaudou. Toujours est-il que les pontifes de la boxe me surveillaient pendant chaque match, convaincus que j'exerçais sur Al Brown quelque pouvoir hypnotique et que, de ma place, au bord du ring, je conduisais le combat. L'arbitre avait observé que l'ex-champion du monde ne me quittait pas des yeux et il est vrai qu'il se frottait le menton une seconde avant de mettre knock-out son adversaire, me communiquant par ce signe que je pouvais parier avec les journalistes.

Il va de soi que j'ignore le cérémonial Vaudou et que je n'ai jamais assisté à ses rites. J'ignore aussi le crédit qu'il convient d'accorder aux Zombies, s'ils relèvent d'une réalité ou de la fable. Mais aucune fable ne prend naissance à la légère et je n'oserais affirmer que le macabre phénomène résurrectionnel ne mérite pas qu'on s'y attarde. Les méthodes d'Al Brown, surnommé *araignée noire* ou *fil de laine*, surprenaient par leur indifférence aux règles, ou du moins à celles, récentes, d'une boxe moderne que la foule exige aussi spectaculaire que le catch.

Al Brown respectait les anciennes règles du *noble art* et, par une espèce de danse, déroutait ses adversaires en se préservant des coups et en ne distribuant que ceux qu'il estimait indispensables. Il disait que ses poignets fragiles l'obligeaient à des feintes propres à le rendre invisible et c'est cette aptitude à disparaître en face de colosses comme Angelmann qui accréditait auprès des managers une crainte superstitieuse. Je l'ai entendu traiter de « poète », suprême insulte qui me visait à travers sa personne, et des femmes élégantes crier : « Tue-le ! » à de jeunes brutes stupéfaites de ne jamais l'atteindre. La victoire finale les contraignait à se taire et à en chercher les motifs dans l'inexplicable. De là, on s'en doute, à l'accuser de sorcellerie, il n'y avait pas loin et à prétendre qu'il n'était qu'une marionnette dont je tirais les ficelles.

Des démarches furent faites pour m'interdire d'occuper une place au bord de l'estrade et, le soir où on l'emporta sur une civière, alors que le jury le déclarait vainqueur aux points, je redoutai d'être la victime d'un lynchage. Il m'expliqua ensuite que San Chili avait imprégné ses cheveux d'une substance somnifère et qu'accroché à son cou il ne s'était plus préoccupé, après douze rounds, que de le vaincre, mathématiquement, avec la frappe calculatrice de son gauche. Le soir de ce match contre l'homme qui lui avait, par des moyens peu avouables, volé jadis son titre en Espagne, des spécialistes de bonne foi allèrent jusqu'à prétendre que j'avais soudoyé les juges.

Je présume, du reste, que, craignant les risques d'une rencontre organisée avec un jeune pugiliste anglais, Al fut en proie à une frousse enfantine et que c'est pourquoi il voulut que j'écrivisse un article où je déclarerais que l'expérience était close et que je le retirais de la course. La même presse qui avait moqué ma tentative me reprocha d'y mettre fin et de contraindre « *la merveille noire* » à la déchéance du Cirque Amar, avec lequel il venait de signer pour un numéro mi-danse, mi-boxe, sur les pistes de son voyage.

P.-S. — Cerdan, la veille de sa mort, m'avait promis de le prendre sous son aile protectrice. Al ne possédait même pas de quoi se payer une place à son match. Le sachant très malade et que je n'avais pas le temps de me rendre à New York, les journalistes de *l'Équipe* me firent enregistrer sur bande les souvenirs d'une amitié fidèle. C'est en écoutant cette bande qu'Al Brown mourut dans un hôpital de Harlem.

FLAMENCO

Mes panneaux dits de « peinture flamenca » furent exécutés à Marbella en 1961 à la demande de Mme Ana de Pombo pour décorer sa boutique. J'y ajoutai deux autres panneaux libres dont l'un représente la montagne et l'autre les deux mers (Atlantique et Méditerranée). En confiant ces peintures à Mme de Pombo, je lui expliquai qu'elle en serait propriétaire et conservatrice, mais qu'en réalité je les offrais, à travers elle, à l'Espagne, en témoignage de reconnaissance pour l'accueil qu'on m'y réserve toujours.

Lorsque me fut raconté le projet d'un village Andalou des artistes, je décidai en plein accord avec Ana de Pombo de mettre mes panneaux dans une salle construite à cet usage sur la Plaza Mayor à laquelle les architectes me firent l'honneur de donner mon nom. Voici l'histoire de cette suite flamenca et des allégories qui l'accompagnent. L'ensemble témoigne de l'amour que je porte à un pays dont le peuple est un grand poète qui s'ignore et le prouve par l'élégance profonde de son allure, de son feu et de ses danses.

Septembre 1961.

*

Cette notice, traduite en espagnol par Edgard Neville, s'imprime à l'usage des visiteurs de la salle où mes panneaux seront exposés. Le village se situe à gauche de la route, entre Malaga et Algesiras, après

Torre Molinos et Marbella, sur ces terrains où les cultivateurs découvrent les mosaïques des villas romaines du bord de la mer. Au loin, à droite, ondule la chaîne mauve de ces montagnes radio-actives auxquelles, dit-on, le sol doit son étonnante richesse. Deux années suffisent pour que les fleurs et les arbres en sortent comme d'un chapeau de prestidigitateur. Les maisons proches de l'hôtel du *Cortico Bianco* sont destinées aux artistes, payables en trois ans, et bien que je réprouve cette agglomération de solitudes, je m'émerveille de l'enthousiasme avec lequel on travaille à conserver ce style andalou, d'une grâce modeste et qui s'inspire de l'ancien quartier de Séville, inaccessible aux machines à cause de l'étroitesse de ses rues.

Mes quatre panneaux n'en forment qu'un seul ayant deux mètres de haut et quatre mètres quarante de large. De gauche à droite, ils représentent le Flamenco-type :

Le jeune gitan qui chante d'une voix rauque d'animal pris au piège ces quatrains repris et entremêlés dont les paroles simples et géniales se lèguent d'âge en âge et sont soutenues par le *olé* qui s'échappe des bouches espagnoles avec la nonchalance d'une fumée de cigare, soulignant les prouesses des toreros et des chanteurs.

La danseuse gitane, la tête basculée en arrière, les coudes au corps, les doigts en fourchette, les genoux ployés par une avance presque agenouillée de cavale, suivie des écumes de sa traîne.

Le guitariste, sa guitare orageuse qu'il enlace amoureusement et qu'il énerve sur un genou, comme un corps de femme aux hanches larges.

Le danseur à taille de guêpe, les mains hautes, au-dessus de son profil dédaigneux.

En hommage aux toreros qui m'ont dédié leurs bêtes, j'ai couvert le fond avec les déchirures multicolores d'affiches tauromachiques de Manolete, portant les noms de quelques matadors célèbres.

La base de cette suite est peinte à la colle, avec le sable de notre plage.

Les allégories libres des mers et de la montagne sont rehaussées de taches d'un bleu vif.

Bref voilà quatre autres enfants d'origine bohémienne casés, selon l'expression familiale, et offerts à la chance des mariages d'amour, car l'Ægipan qui couronne la montagne, et les deux figures qui s'affrontent sur le panneau des mers, n'appartiennent pas à la race ambulante. Ces quatre enfants rétifs, le village andalou les emprisonne et il m'arrivera souvent de suivre le fil qui m'attache à eux comme à leurs frères et sœurs de Menton, de Villefranche, de Milly et de Londres.

Cette certitude qu'ils ne peuvent prendre la fuite me consolera souvent des vagabonds sur lesquels je n'exerce plus le moindre contrôle.

*

Pendant que je déchiffrais le manuscrit illisible de ce *Requiem* dont j'avais hésité presque trois ans à entreprendre le décryptage, j'eus souvent la tentation de corriger ses faiblesses et ses fautes au risque de perdre ce qui rend l'ouvrage exceptionnel par l'absence de contrôle d'un malade dont le corps flotte à la dérive. Il me restait de sang, ce qui permet de ne pas s'évanouir. Étendu sur le dos, j'obéissais à un moi qui semblait vouloir survivre et à une vague cadence de mes rythmes familiers. C'est alors que je me souvins d'une conversation que nous eûmes, Picasso et moi, dans sa maison de Cannes. Passé maître dans la sanctification des fautes, lorsque sa poigne les transcende, il estimait que seules les fautes triomphent de l'habitude et provoquent ce relief accidentel sans quoi le conformisme dévide sa pelote. Ce ne sont pas les termes qu'il employait, car il ne s'exprime que par violentes boutades. Mais il se dégageait de ses paroles, soit que les fautes apportent le relief, soit qu'elles nous obligent à les vaincre, à surmonter l'automatisme de notre main. À vrai dire, toutes ses œuvres sont un exemple de ces fautes sanctifiées, imposées, jusqu'à devenir un dogme, magnifiant de la sorte la maladresse géniale de l'enfance qui, lorsqu'elle dessine, ne s'encombre d'aucune discipline, et dont on se demande, parfois, si elle inspire les peintres ou si elle s'inspire d'eux.

Grâce à cette leçon d'un homme qui m'en a donné plus d'une, je me décidai à passer outre la logique et aujourd'hui, je m'aperçois que ces fautes ressemblent fort aux imperfections qui inclinent l'indulgence des mères jusqu'à la préférence, les font secrètement chérir les fils insupportables et s'attacher moins à ceux qui ne leur donnent aucun souci. Il en va pareillement pour l'intérêt secret que le maître d'école porte à certains mauvais élèves dont l'inconduite réserve des surprises plus vivantes que la morne perfection des forts en thème.

On n'en finirait pas de citer l'injustice dont les natures capricieuses sont les bénéficiaires. Le charme d'un Dargelos s'exerce même sur les personnes qui s'en défendent le plus. J'avais écrit en exergue au *Potomak* : « *Ce que le public te reproche, cultive-le, c'est toi.* » Je m'en voudrais d'écrire le mot fin sans me référer à cette petite phrase ni me rendre soudain compte d'un des principaux motifs du divorce avec nos juges. Il est probable (et j'en excepte les bâtards) que c'est ce prestige des défauts qui nous rend particulièrement chers nos enfants (personnages et œuvres) condamnés pour indiscipline. Peut-être parce qu'ils nous ressemblent.

C'est une bonne leçon que de se relire après avoir cru vaniteusement qu'on était libre de prendre ses aises avec un *De Profundis* propre à humilier l'orgueil de ceux qui se veulent responsables de leurs paroles et de leurs actes.

On se découvre victime d'une manière de colin-maillard, les yeux bandés au milieu de la ronde cruelle et moqueuse de ces personnages qui n'ont pas demandé à naître et qui se vengent de notre imprudence, dont ils résultent, les uns en nous tirant la langue, les autres en prenant la fuite devant nos mains d'aveugle qui s'efforcent de les saisir.

C'est alors que le poète, lorsque le mouchoir tombe, se retrouve seul et ridicule, jette un œil envieux vers les psychologues et les intellectuels capables, comme les parents despotiques, de ne jamais perdre le contrôle qu'ils exercent sur les créatures de leur pensée.

*

L'art est une des formes les plus tragiques de la solitude. Ou bien vous vous trouvez en face de personnes qui peuvent vous comprendre mais qui œuvrent elles-mêmes et si votre mécanisme de solitude ne coïncide pas avec le leur, il les dérange. Ou bien vous vous trouvez en face des innombrables personnes qui considèrent l'art sous l'angle du sujet et non de l'objet. L'objet empiète-t-il sur le sujet, elles s'écartent. Restent les très rares personnes qui sentent que notre manière de peindre ou d'écrire est une manière d'être. Cette manière d'être leur plaît ou leur déplaît. Si elle leur plaît, ce ne sont pas des admirateurs, ce sont des amis. Vous demeurez donc, en fin de compte, votre seul juge et presque toujours ce juge est dérouté par le moi obscur qui le dirige et qu'il connaît fort peu. Le cordon ombilical une fois coupé vous voilà dans l'île déserte. Débrouillez-vous. Et c'est sous ce prétexte qu'on vous offre de vaticiner dans le vide que cette courte brochure trouve son excuse. Et si elle ajoute une pièce accusatrice à mon procès, je me résigne. Je n'avais qu'à me mêler de ce qui me regarde et ne pas prendre la perche que me tendait une amie.

Marbella, 25 septembre 1961.

....

Ma très sainte solitude
Au bord de ton île déserte
Le naufragé lève la main
Et passent passent les navires
Il me plairait quelquefois
De me croire un de ceux qu'ils virent
Mais vite je me résigne
Et j'écris ton nom dans le sable

*

Ô ma solitude très sainte
À la foule spectatrice
Tu brûles la politesse
Et te voilà d'une volte
Disparaissant de l'arène
Pareille au fantomatique
Cheval du Rejoneador

(Le Requiem.)

IV

Le rêve laisse en moi une vague empreinte et c'est tout
plus rien de ses nocturnes intrigues ne me reste
sauf seulement la certitude qu'elles furent
et même davantage que ma propre vie

Le rêve laisse en moi son contour et c'est tout
Je me demande où les gens du sommeil continuent
à vivre ensemble qui me crurent des leurs
alors que j'oubliais les amis intimes

Quel drôle de spectacle et quelle drôle de troupe
improvisant et changeant les décors
sans bruit et sans le moindre machiniste

Mais le réveil baisse un solennel rideau rouge
chacun des artistes doit retourner je ne sais où
et le vestiaire rendre au spectateur ses habitudes

V

Tous partis certains même tiraient la langue
et chose curieuse ils grandissaient en s'éloignant
mais un sourire fourbe enlaidissait les uns
tandis qu'un doux silence ornait la bouche des autres

Il m'était impossible de voir leurs visages
et ce que je viens de dire je l'imagine
Par exemple il pourrait y en avoir un portant masque
un autre en nonne travesti comme Lorenzino

Longtemps après je dénouai le mouchoir
qui me bandait les yeux et le vertige
me laissa les jambes molles et seul debout

Un des jeunes coquins avait glissé dans ma poche
une feuille sur laquelle on pouvait lire
« Je ne me ferai plus jamais d'infidélités »

VI

Vous récompensez ma désobéissance
Seigneur qui étant toute chose êtes moi
Voici s'envoler la colombe de linge
que noua le chef des douze qui m'exécutent

À vous pareil Prince de Hombourg que vois-je
au lieu de vos douze yeux noirs de cygne
Sur la rive où l'on n'aborde qu'une fois
Liberté plus géante que celle de New York

Mais ne nous réjouissons pas trop vite
De me peindre avec votre sang vignoble ignoble
ce n'est que partie remise au pied du mur

Car si le vol cruel des guêpes m'épargne
la dame blanche ne m'en attend pas moins assise
immobile sur la chaise de don Tancredo[1].

---

1. Don Tancredo est, en Espagne, le nom du personnage qui déconcerte le taureau par son immobilité au centre de l'arène. Il est habillé de blanc.

LE FANTÔME DE MARSEILLE

1949

Jean Cocteau adapta à l'intention d'Edith Piaf, pour la scène, un conte du même nom paru à la N.R.F., en 1933. L'écriture y gagna en force, prouvant encore une fois le génie dramatique qui l'habitait. Si on ne peut juger la psychologie absente du Fantôme de Marseille, *on note un effacement de l'affectif, une stratégie d'écriture où la « machine infernale » du langage est vue des coulisses. Cinéma, théâtre et dessin semblent trouver ici une conjonction magique. L'intrigue semble s'effectuer en marge du narrateur, dans une discontinuité onirique que le dénouement révèle, sans pourtant satisfaire par une résolution saisissable.*

Jean ☆   1948

Monsieur le Juge d'Instruction, j'en ai eu aussi, moi, de l'instruction et puisque vous voulez que je vous raconte l'histoire, je vous la raconterai d'un bout à l'autre et je vous la raconterai dans votre langue à vous et pas dans la nôtre, parce que la nôtre de langue, vous n'y comprendriez pas un mot et que je veux que vous sachiez tout, Monsieur le Juge d'Instruction, tout. Toute la vérité et rien que la vérité. Parce que, voyez-vous, c'est une histoire très triste et, après, je peux tirer l'échelle. Et qu'on fasse de moi ce qu'on voudra, je m'en moque. C'est une histoire qui a l'air louche, Monsieur le juge, et qui ne l'est pas. C'est une histoire propre, comme Maxime et une malheureuse histoire. Bête ! Bête ! et triste... Enfin bref, je vais vous la raconter.

Il faut d'abord vous dire que Maxime était joli — joli comme vous ne vous en faites pas une idée, tellement joli que j'en avais honte. Je me trouvais trop laide, trop laide pour Maxime et je ne pouvais pas arriver à croire qu'il était amoureux de moi. Mais j'étais amoureuse de lui, amoureuse folle. Folle d'amour, Monsieur le Juge, et je me répétais : ce n'est pas possible, ma fille, il est trop joli pour toi, tu vas le perdre... Et je l'ai perdu... mais pas comme je le croyais. C'est le sort, Monsieur le Juge. C'est dans les cartes. C'est dans la main. Contre ces machines-là, il n'y a rien à faire.

Il était si joli, si joli que toutes les femmes étaient

jalouses de ses cheveux, de ses cils, de sa taille, de sa peau. Et après le cambriolage... enfin, vous savez de quoi je cause... après le cambriolage de la rue Saint-Christophe, son collègue Alfred nous dit : Moi je me tire.

Maxime devait s'habiller en femme. C'est ça qui a été la cause de tout, Monsieur le Juge. C'est ce qui a fait son malheur. Quelle idée ! La police le recherchait. Et comme j'avais une copine en maison, chez Aline, on le cache chez Aline et on le déguise avec la robe de Rachel. On riait ! On riait ! Si on avait su ! Mais on ne savait pas. On ne sait jamais. Et c'est ça qui amène les catastrophes.

Vous le croirez ou vous ne le croirez pas, Monsieur le Juge, mais on s'habituait à le voir habillé en femme et on finissait par ne plus en parler, par trouver ça naturel. Et puis il était drôle Maxime et de son âge ! Parce que, Monsieur le Juge, j'en connais de son âge qui sont encore plus vieux que vous — oh ! pardon, mais Maxime était de son âge. Jeune ! Jeune ! Et drôle ! Et il voulait absolument sortir habillé en femme et on avait beau lui dire que c'était dangereux, il s'entêtait et il n'écoutait personne.

Un soir — un dimanche — il est sorti faire un tour. Je le vois encore tourner le coin de la rue, sous une lanterne. Il nous a fait un geste que je ne peux pas vous montrer, Monsieur le Juge, à cause que je vous respecte. Oh ! ce n'est pas qu'il y mettait de la malice, non ! Mais pour vous dire qu'il était gai et qu'il ne voyait pas le mal.

C'est à six heures, Monsieur le Juge, à six heures juste, près du Cercle des nageurs, qu'il s'est empêtré avec ses talons, qu'il a glissé et qu'il s'est fait renverser par une superbe automobile. Voilà le chauffeur qui s'arrête, le Monsieur qui descend (M. Valmorel) et on ramasse Maxime et on le dépose dans la voiture. Et en route vers la catastrophe. Vous pourrez croire qu'il y mettait du vice, que c'était un faux accident exprès. Et cætera, et cætera... Eh bien non, Monsieur le Juge, je vous le jure sur ma mère, il en était incapable. C'est le sort. C'est la malchance. Et tout ce qui arrivait à Maxime était comme ça. C'est parce qu'il a eu la frousse qu'il n'a pas osé dire la vérité et qu'il a dit qu'il était une jeune fille, une orpheline sans le sou, qu'il voulait se tuer et cætera et cætera... Et ce pauvre M. Valmorel était ému. Figurez-vous, Monsieur le Juge, qu'il était malheureux avec sa femme et ses filles, que sa femme et ses filles étaient à Vichy et que ce pauvre brave homme avait une garçonnière vide et qu'il cherchait partout une brave fille pour l'installer dedans.

Et il installe Maxime et comme Maxime avait le trac de se faire pincer il ne voulait pas qu'on le touche et plus il repoussait M. Valmorel, plus M. Valmorel prenait feu et croyait avoir découvert une vertu.

Vous riez, Monsieur le Juge d'Instruction... Allez, il n'y a pas de quoi et moi j'aurais ri et j'aurais eu bien tort de rire.

Alors, M. Valmorel l'installe et lui dit qu'il l'apprivoisera et cætera et cætera et comme il fallait une femme de chambre, Maxime m'a fait venir. Oh ! non ! Monsieur le Juge. Non, non. Non, on n'avait aucune mauvaise idée de derrière la tête. Maxime m'aimait et voulait rire, un point c'est tout.

Après quinze jours de cette comédie, M. Valmorel a voulu épater ses copains et sortir avec sa conquête. Il voulait mener Maxime dans une boîte de nuit. Moi, je le suppliais de mettre les voiles. Mais mon Maxime se marrait et il me traitait d'idiote. Tout ce que j'ai pu obtenir puisqu'il avait la bague... Ah ! oui... j'oubliais, M. Valmorel lui avait donné une bague... une bague en or... Tout ce que j'ai pu obtenir, c'est que la nuit même on effrayerait M. Valmorel avec le revolver. Maxime avait acheté ce revolver — je le gardais dans ma poche de tablier — et qu'on mettrait les voiles — quoi... qu'on prendrait le large.

Il fallait voir Maxime en robe élégante ! « Rachel, que me disait Monsieur, regardez Mademoiselle ! On dirait une dame — une vraie dame » et on n'avait plus envie de rire, on crevait de peur.

Tout est arrivé à la sortie de cette boîte chic. Maxime avait bu du champagne et on devait le regarder, se demander d'où sortait cette poule et cætera et cætera. Bref, ils quittaient la boîte ensemble et, au bout d'un escalier de marbre, Maxime voit le chasseur, en bas, qui le reconnaît. C'était Alfred son collègue du cambriolage.

Mon Maxime oublie M. Valmorel, et sa robe et qu'il est une femme. Il siffle dans ses doigts, il enfourche la rampe, il glisse... et *(silence)* voilà comme il s'est tué Monsieur le Juge. Il a perdu l'équilibre. Il a été donner de la tête contre les dalles. Ah ! misère... Alfred m'a raconté sa chute. Une pauvre petite chose, Monsieur le Juge d'Instruction, une pauvre petite chose écrasée, les jambes et les bras dans tous les sens et sa petite gueule comme s'il dormait et sa robe déchirée de long en large et... enfin... Monsieur le Juge... vous comprenez... C'était un mort, quoi. C'était pas une morte.

Il y avait une foule de personnes curieuses et des curieux, et la police, M. Valmorel était changé en statue. Et on le regardait regarder mon pauvre Maxime et ces salopards ricanaient. Ils ricanaient ! Alfred a poussé M. Valmorel dans sa voiture. Moi, j'attendais Maxime à la maison. On sonne. J'ouvre. Je tenais le revolver dans ma poche. M. Valmorel faisait peine à voir. Il faisait mal ! Et Alfred m'a crié : « Maxime est mort. Le vieux sait tout. » Tout quoi ? Mort ? Maxime ! Je regardais Alfred. Je regardais M. Valmorel. Je devenais folle ! Et j'ai vu de grosses larmes sur sa figure. Maxime était mort... Et Alfred racontait et je n'écoutais pas. Je regardais les larmes couler sur la figure de M. Valmorel. Dieu me pardonne, Monsieur le Juge d'Instruction, pour ce que j'ai cru. J'ai cru...

J'ai cru qu'on me roulait, que Maxime et le vieux étaient de mèche. J'ai tiré.

Alors voilà. Il ne me reste plus rien à vous dire, Monsieur le Juge. Il ne me reste plus rien sur la terre. Et même que Maxime serait pas mort, j'aurais plus osé, je n'aurais plus osé le regarder en face.

Et quant à M. Valmorel, je ne regrette rien, Monsieur le Juge, rien. Je l'ai débarrassé d'un mauvais rêve. Si je n'avais pas tué M. Valmorel, il n'aurait pas pu vivre. Pas plus que moi. Il aimait, Monsieur le Juge d'Instruction, il aimait, il était amoureux. Et il était amoureux d'un fantôme.

LE JEUNE HOMME ET LA MORT

1946

Cet argument de ballet fut imaginé par Jean Cocteau à la demande de Boris Kochno. Il fut créé au
théâtre des Champs-Élysées le 25 juin 1946, avec les
danseurs Jean Babilée et Nathalie Philippart, dirigés
par Roland Petit. Wakhevitch en était le décorateur,
Karinska le costumier. La technique du synchronisme
accidentel est utilisée : les danseurs répétèrent sur une
musique de jazz qui fut remplacée, le jour de la représentation, par la Passacaille de Jean-Sébastien Bach.
Ce texte fut repris dans La Difficulté d'être, en 1947,
sous le titre « D'un mimodrame ».

Jean Babilée à la création en 1946.

Notre machine se démembre chaque jour davantage et chaque matin l'homme s'éveille avec une nouvelle entrave. Je le constate. Mes nuits, je les dormais d'une traite. Maintenant, je m'éveille. Je me dégoûte. Je me lève. Je me mets au travail. C'est le seul moyen qui me rende possible d'oublier mes laideurs et d'être beau sur ma table. Ce visage de l'écriture étant, somme toute, mon vrai visage. L'autre une ombre qui s'efface. Vite, que je construise mes traits d'encre pour remplacer ceux qui s'en vont.

C'est ce visage que je m'efforce d'affirmer et d'embellir avec le spectacle d'un ballet, donné, hier soir 25 juin 1946, au Théâtre des Champs-Élysées. Je me suis senti beau par les danseurs, par le décor, par la musique, et, comme cette réussite soulève des chicanes qui débordent la satisfaction d'auteur, je me propose de les mettre à l'étude.

De longue date, je cherchais à employer, autrement que par le cinématographe, le mystère du synchronisme accidentel. Car une musique se trouve non seulement des réponses dans chaque individu mais encore dans une œuvre plastique avec laquelle on la confronte, si cette œuvre est du même registre. Non seulement ce synchronisme est un air de famille qui épouse l'aspect général de l'action, mais encore — et c'est là que réside le mystère — elle souligne ses détails à la grande surprise de ceux qui en estimaient l'emploi sacrilège.

Je connaissais cette bizarrerie par l'expérience des films, où n'importe quelle musique un peu haute intègre les gestes et les passions des personnages. Restait à prouver qu'une danse, réglée sur des rythmes favorables au chorégraphe, pouvait se passer d'eux et prendre des forces dans un climat musical nouveau.

Rien n'est plus contraire au jeu de l'art que le pléonasme des gestes qui représentent des notes.

Le contrepoint, le savant déséquilibre d'où naissent les échanges, ne peut se produire quand l'équilibre de tout repos engendre l'inertie.

C'est d'une organisation délicate de déséquilibres que l'équilibre tire son charme. Un visage parfait le démontre lorsqu'on le dédouble et qu'on le reforme de ses deux côtés gauches. Il devient grotesque. Les architectes le savaient jadis et l'on constate, en Grèce, à Versailles, à Venise, à Amsterdam, de quelles lignes asymétriques est faite la beauté de leurs édifices. Le fil à plomb tue cette beauté presque humaine.

On connaît la platitude, l'ennui mortel de nos immeubles où l'homme se renonce.

Il y a environ un mois, à un déjeuner avec Christian Bérard et Boris Kochno, dépositaire des méthodes de Serge de Diaghilew, j'envisageai comme possible une scène de danse où les artistes étudieraient sur des rythmes de jazz, où ces rythmes seraient considérés comme de simples instruments de travail et céderaient ensuite la place à quelque grande œuvre de Mozart, de Schubert ou de Bach[1].

Dès le lendemain, nous nous employâmes à rendre ce projet définitif. La scène serait le prétexte d'un dia-

---

1. À la longue, la ligne de la musique et celle de la danse, qui se contrarient, penchèrent l'une vers l'autre, se confondirent. Les danseurs qui se plaignent du disparate mais qui en avaient pris l'habitude, en vinrent à se plaindre de trop d'accord. Ils me demandent de changer la musique de base. Je décidai, pour New York, d'alterner la *Passacaille* de Bach et l'ouverture de la *Flûte enchantée* de Mozart. Ainsi prouverai-je combien l'œil prime l'oreille au théâtre et que des œuvres aussi différentes peuvent épouser une même intrigue. Mais ce qui est fait est fait et je devine qu'on ne changera plus. La valise a voyagé. Les objets ont perdu leurs angles et le sommeil a déraidi leurs poses. Ils se tassent paresseusement.

logue gesticulé entre Mlle Philippart et M. Babilée chez lequel je retrouve bien des ressorts de Waslav Nijinsky. Je décidai de ne mettre la main à la pâte que dans la mesure où je raconterais minutieusement au décorateur, au costumier, au chorégraphe, aux interprètes, ce que j'attendais d'eux. J'arrêtai mon choix sur Wakhévitch, décorateur, parce qu'il est décorateur de films et que je désirais ce relief où le cinématographe puise son rêve, sur Mme Karinska, costumière, aidée de Bérard, parce qu'ils connaissent mieux que tous l'optique des planches, sur Roland Petit, chorégraphe, parce qu'il m'écouterait et me traduirait dans cette langue de la danse que je parle assez bien, mais dont la syntaxe me manque.

La scène représente un atelier de peintre fort misérable. Cet atelier est une figure de triangle. Une des faces serait la rampe. La pointe ferme le décor. Un madrier presque central, un peu sur la droite, monte du plancher, forme potence et soutient une poutre qui barre le plafond du *côté jardin* au *côté cour*. À la potence est attachée une corde à nœud coulant, et, à la poutre, entre cette potence et le mur de gauche, la ferraille d'une lampe enveloppée d'un vieux journal. Contre le mur de droite, d'un crépi sale constellé de dates de rendez-vous, de dessins faits par moi, un lit de fer à couverture rouge et à linge qui traîne par terre. Contre le mur de gauche, un lavabo du même style. Au premier plan à gauche, une porte. Entre la porte et la rampe, une table et des chaises de paille. D'autres chaises font un désordre. L'une d'elles se trouve sous le nœud coulant près de la porte. Un châssis vitré découvre un ciel de nuit parisienne dans le plafond en pente raide. Le tout, par l'éclairage dur, les ombres portées, le splendide, le sordide, le noble, l'ignoble, aura l'allure du monde de Baudelaire.

Avant le lever du rideau, l'orchestre attaque la « Passacaille » de J.-S. Bach, orchestrée par Respighi. Le rideau se lève. Le jeune peintre est couché sur son lit, à la renverse, un pied levé le long du mur. Sa tête et l'un de ses bras pendent sur la couverture rouge. Il fume. Il ne porte ni chemise ni chaussettes mais seulement un bracelet-montre, des savates et une combinaison dite *bleu de chauffe*, d'un bleu marine où des taches multicolores évoquent le costume d'Arlequin.

La première phase (car l'immobilité joue, sur cette fugue solennelle, un rôle aussi actif que l'agitation) nous présente l'angoisse de ce jeune peintre, son énervement, son abattement, sa montre qu'il regarde, ses marches de long en large, ses haltes sous la corde qu'il a nouée à la poutre, son oreille qui hésite entre le tic-tac de l'heure et le silence de l'escalier. Pantomime dont l'excès provoque la danse. (Un des motifs étant ce geste magnifique, circulaire et aérien d'un homme qui consulte son bracelet-montre.)

La porte s'ouvre. Entre une jeune fille brune, élégante, sportive, sans chapeau, en petite robe jaune pâle, très courte (le jaune Gradiva) et gants noirs. Dès la porte qu'elle referme, elle trépigne sa mauvaise humeur sur les pointes. Le jeune homme s'élance vers elle qui le repousse et marche à longues enjambées à travers la chambre. Il la suit. Elle renverse des chaises. La deuxième phase sera la danse du peintre et de cette jeune fille qui l'insulte, le violente, hausse les épaules, donne des coups de pied. La scène monte jusqu'à la danse, c'est-à-dire jusqu'au déroulement des corps qui s'accrochent et se décrochent, d'une cigarette qu'on crache et qu'on écrase, d'une fille qui, du talon, frappe trois fois de suite un pauvre type agenouillé qui tombe, pirouette sur lui-même, se convulse et se redresse, avec l'extrême lenteur d'une fumée lourde, bref des foudres décomposées de la colère.

Cela déplace nos héros jusqu'à l'extrémité gauche de la chambre d'où le jeune malheureux désigne la corde d'un bras tendu. Et voici que la demoiselle le cajole, le mène à un siège, l'y plante à cheval, grimpe

Nathalie Philippart à la création en 1946.

sur la chaise de la poutre, consolide le nœud coulant et revient lui tourner la tête vers son gibet.

La révolte du jeune homme, son accès de rage, sa course après la jeune fille qui se sauve et qu'il empoigne par les cheveux, la fuite de cette jeune fille et la porte qui claque, terminent la deuxième phase.

La troisième phase présente le jeune homme aplati contre la porte. Sa danse vient de son paroxysme. L'une après l'autre, il fait tourner en l'air les chaises à bout de bras et les casse contre les murailles. Il cherche à traîner la table vers la potence, trébuche, tombe, se relève, renverse cette table avec son dos. La souffrance lui imprime les mains sur le cœur. La souffrance lui arrache des cris que nous voyons sans les entendre. La souffrance le dirige en ligne droite jusqu'à son supplice. Il le contemple. Il s'y hausse. Il se le passe autour du cou.

C'est alors que M. Babilée invente une astuce admirable. Comment se pend-il ? Je me le demande. *Il se pend*. Il pend. Ses jambes pendent. Ses bras pendent. Ses cheveux pendent. Ses épaules pendent. Ce spectacle d'une sombre poésie, accompagné par la magnificence des cuivres de Bach, était si beau que la salle acclama.

La quatrième phase commence. La lumière change. La chambre s'envole, ne laisse intacts que le triangle du plancher, les meubles, la carcasse du gibet, le pendu et la lampe.

Ce qui reste est en plein ciel nocturne, au centre d'une houle construite de cheminées, de mansardes, de réclames lumineuses, de gouttières, de toits. Au loin les lettres de *Citroën* s'allument à tour de rôle sur la tour Eiffel.

Par les toits, la mort arrive. C'est une jeune femme blanche, en robe de bal, juchée sur de hauts patins. Un capuchon rouge enveloppe sa petite tête de squelette. Elle a de longs gants rouges, des bracelets et un collier de diamants. Sa traîne de tulle pénètre après elle sur le théâtre.

Sa main droite, levée, désigne le vide. Elle avance vers la rampe. Elle bifurque, traverse la scène, fait halte à l'extrême droite et claque des doigts. Lentement, le jeune homme dégage sa tête du nœud coulant, glisse le long de la poutre, atterrit. La mort ôte son masque de squelette et son capuchon. C'est la jeune fille jaune. Elle met le masque au jeune homme immobile. Il tourne autour d'elle, marche quelques pas, stoppe. Alors la mort étend les mains. Il semble que ce geste pousse le jeune homme à tête de mort. Le *cortège* des deux danseurs s'engage sur les toitures.

Hier, la troupe du ballet venait de rentrer, la veille, de Suisse. Il fallut, du matin au soir, assembler les pièces éparses de notre entreprise, superposer nos danses et l'orchestre de soixante-quatre musiciens, terminer les robes chez Mme Karinska, convaincre Mlle Philippart de marcher sur des socques, y clouer des courroies, peindre la salopette de M. Babilée, monter le décor de la chambre et celui des toitures, équiper les réclames électriques, faire les éclairages. Bref, à sept heures du soir, tandis que les machinistes déblayaient le plateau, nous nous trouvâmes en face d'une perspective de catastrophe. La chorégraphie s'arrêtait à la pendaison du jeune homme. Roland Petit n'avait rien voulu indiquer de la scène finale sans ma présence. Les artistes mouraient de fatigue. Je leur proposai de les asseoir dans la salle et de leur mimer les rôles. Ce que nous fîmes.

Je rentrai au Palais-Royal. Je dînai. À dix heures, j'étais au théâtre où la foule ne trouvait plus de places, où le contrôle, débordé, refusait les personnes qui avaient les leurs. Henri Sauguet venait de partir, furieux. Il emportait sa partition d'orchestre. Il refusait que *Les Forains* se jouassent. La salle était comble et bien nerveuse. *Le Jeune Homme et la Mort* passait en troisième. Le décor des toitures présente une difficulté dont un spectacle de ballets n'a pas l'habitude. Les machinistes perdaient la tête. Le public s'impatientait, battait des semelles, huait.

Pendant que les machinistes continuaient la manœuvre, Boris ordonna d'éteindre la salle. L'orchestre attaqua. Dès les premiers accords de Bach, nous eûmes le sentiment qu'un calme extraordinaire se répandait partout. L'ombre des coulisses, pleine de courses, d'ordres criés, d'habilleuses fébriles (car il faut costumer la Mort en une minute) était moins hagarde qu'on ne pouvait le craindre. Soudain, je vis Boris, la figure à l'envers. Il me chuchota : « Il n'y a pas assez de musique. » C'était le danger de notre tentative. Nous criâmes aux artistes de hâter le rythme. Ils ne nous entendaient plus.

Le miracle est que Boris se trompait, que la musique était assez longue et que nos interprètes quittèrent la scène sur les derniers accords.

Je leur avais recommandé de ne pas saluer au rappel et de poursuivre leur course de somnambules.

Ils ne descendirent des praticables qu'au troisième rideau. Et c'est au quatrième que nous comprîmes que la salle sortait d'une hypnose. Je me retrouvai sur la scène, entraîné par mes danseurs, en face de cette salle brusquement réveillée et qui nous réveillait de son tumulte.

J'insiste bien sur le fait que si je raconte ce succès, il ne s'agit pas d'une satisfaction que j'en éprouve, mais de cette figure que tout poète, jeune ou vieux, beau ou laid, tâche de substituer à la sienne et charge d'embellir.

Ajouterai-je qu'une minute de contact entre une salle et une œuvre supprime momentanément l'espace qui nous sépare d'autrui. Ce phénomène, qui groupe les électricités les plus contradictoires au bout de quelque pointe, nous permet de vivre dans un monde où le cérémonial de la politesse arrive seul à nous donner le change sur l'écœurante solitude de l'être humain.

Un *ballet* possède en outre ce privilège de parler toutes les langues et de supprimer la barrière entre nous et ceux qui parlent celles que nous ne parlons pas.

Ce soir, on me transporte de ma campagne dans ces coulisses où je surveillerai la deuxième représentation. Je me propose d'écrire, au retour, si le contact cesse ou s'il continue.

Je rentre du Théâtre des Champs-Élysées. Notre ballet a retrouvé le même accueil. Peut-être nos danseurs avaient-ils moins de fougue, mais ils exécutaient leurs danses avec une précision plus grande. Du reste, la beauté du spectacle saute la rampe, quoi qu'il advienne, et l'atmosphère générale est une figure de moi, de ma fable, de mes mythes, une paraphrase involontaire du *Sang d'un poète*.

Seulement, d'invisible, cette atmosphère est devenue visible. C'est ce qui se passe pour *la Belle et la Bête*. Sans doute ai-je moins de maladresse à manier mon arme, moins de hâte dans le tir. Toujours est-il que j'y récolte ce que je ne parvenais pas à récolter jadis par l'entremise d'œuvres plus dignes d'émouvoir. Je suppose que ces œuvres agissent en silence et rendent, sans qu'il le sache, le public plus apte à comprendre ce qui en sort.

C'est ainsi que nombre de gens crurent que j'avais changé des passages dans *les Parents Terribles*, en 1946, alors que la pièce est la même qu'en 1939, qu'eux ont changé, mais qu'ils mettent leur changement sur le compte d'un remaniement du texte.

Ce soir, l'orchestre était en avance. Il tombait donc sur d'autres gesticulations. Le synchronisme fonctionna d'une manière impeccable. La chambre s'envola en retard, laissant M. Babilée suspendu à sa poutre. Cela produisit une beauté nouvelle. L'entrée de la mort en devint encore plus surprenante.

Le Jeune Homme et la Mort, est-ce un ballet ? Non. C'est un mimodrame où la pantomime exagère son style jusqu'à celui de la danse. C'est une pièce muette où je m'efforce de communiquer aux gestes le relief des mots et des cris. C'est la parole traduite dans le langage corporel. Ce sont des monologues et des dialogues qui usent des mêmes vocables que la peinture, la sculpture et la musique.

Quand cesserai-je, à propos de cette œuvre ou d'une autre, de lire l'éloge de ma lucidité : Qu'imaginent nos critiques ? J'ai la tête confuse et l'instinct vif. Voilà mon usine. On y travaille de nuit, toutes lampes éteintes. C'est à tâtons que je m'y débrouille comme je peux. Qu'ils prennent l'obsession du travail, la hantise du travail, *c'est-à-dire d'un travail qui ne se soucie plus une seconde de ce qu'il fabrique,* pour de la lucidité, pour le contrôle de cette usine par un œil auquel rien n'échappe, cela prouve une erreur de base, un très grave divorce entre la critique et le poète.

Car il ne naîtrait que du sec de cet œil du maître. D'où viendrait le drame ? D'où le songe ? D'où cette ombre qu'ils estiment être de la magie ?

Il n'y a ni magie ni œil du maître. Seulement beaucoup d'amour et beaucoup de travail. Sur ce point de l'âme ils trébuchent, accoutumés qu'ils sont, d'une part au métronome de Voltaire, d'autre part à la baguette de coudrier de Rousseau. Peut-être l'obscur équilibre entre ces extrêmes est-il la conquête de l'esprit moderne et faudrait-il que les critiques en explorassent la zone, en visitassent la mine, en admissent l'inconnu.

LA CANNE BLANCHE

J'ai toujours considéré l'aurige de Delphes comme un aveugle en marche immobile, un signe du temps qui nous dupe, une colonne votive aux yeux d'émail et aux cils de bronze, une preuve de continuité de cette Grèce dont je n'ai pas à dire le rôle qu'elle joue dans le désordre du monde, mais à qui, en vertu du pouvoir conféré aux poètes, je décerne l'Ordre du Mythe, ordre invisible et souverain.

Tout sol se dessèche à la longue, et déjà la Grèce, à la mort de Platon, se trouvait aux prises avec des gênes géographiques et sociales. L'eau manque, mais jamais une sève étrange grâce à laquelle la fable s'enracine dans le roc, s'épanouit, embaume.

Sur le yacht d'une amie j'ai visité les Îles. J'ai constaté que ce qui constituait pour nous des obstacles n'en opposait aucun aux navigateurs antiques et que le simple problème de se rendre à Delphes par la route n'empêchait pas d'y édifier des temples, d'y apporter et d'en emporter les statues.

Pauvre petit aurige ! Ses orteils s'alignaient dans un char attelé de chevaux. Il couronnait l'amphithéâtre de Delphes.

Amputé, privé de son attelage, il ne s'arrête pas. Il ne fait pas le geste du stop. Il roule statiquement sur un socle. Seulement, ce qui lui manque témoigne d'un vide aussi mystérieux que celui du futur. Il semble dire : « Mes guides sont une canne d'aveugle. Le temps est faux. Il nous trompe. Ne vous y laissez jamais prendre. »

Ayant consulté cet oracle, non loin de l'antre de la Sibylle, je visitai la Grèce en y cherchant autre chose que la trace des légendes et des dieux que les Grecs créèrent à leur image. On habitait le même immeuble, en quelque sorte. On se croisait, mortels et immortels, dans l'escalier.

Pourtant j'ai retrouvé les sources de la magnificence signifiante avec laquelle ce peuple sage amplifiait le moindre geste. Une seule source m'échappe et me fascine. Celle du sang de Méduse d'où naquit Pégase, après la décollation.

À moins que Persée, invisible, armé d'un sabre et d'un miroir, ne trouve dans la laideur sublime d'une Gorgone le signe de la beauté véritable. Pégase naît. Vous en serez tous « médusés ». Voilà ce qu'exprime son acte. Et nous fûmes médusés et nous le sommes et la grande aile du cheval bat encore l'air léger du Péloponnèse.

La fable drape la Grèce d'une pourpre sans trous. La généalogie des mythologues est moins suspecte que celle des historiographes. Parce que l'Histoire se déforme à la longue et que le mythe se déforme à la longue. Parce que l'Histoire est du vrai qui devient faux et que le mythe est du faux qui s'incarne.

Entre les lauriers-roses qui bordent la route de Mycènes, nous ne nous attendons peut-être pas à ces blocs sauvages, à ce désordre de tombes, à ces bases d'un faste disparu. Nous nous attendons à ce que les ombres de Clytemnestre, de sa fille et de son fils nous y reçoivent, remplissent les pentes de leurs disputes d'oiseaux de proie.

À Nauplie, les marais soufflent l'haleine des bouches de l'Hydre. À Cnossos, les ruches nous livrent le secret des modes d'une décadence qui était la pointe extrême d'une civilisation. À Épidaure, nous pouvons suivre une foule élégante de ville d'eaux. Et le théâtre de Dionysos, en bas de l'Acropole, organise les spectacles de notre rêve. On s'y assoit en face d'ivrognes de marbre, pareils à Verlaine. On y ferme les yeux. On y écoute le dialogue des grandes voix qui nous plaignent de n'en pas savoir davantage et se moquent aimablement de nous.

Cette Grèce ! On y navigue sous le signe perdu de la triade. Zeus, Pluton, Poséidon en formaient une avant que les prophètes juifs, Héraclite et Einstein s'en préoccupassent. Les immortels de l'Olympe baissent la tête si Zeus se fâche. Mais Poséidon et Pluton la redressent. Ils ne reçoivent aucun ordre. Avec Zeus, ils sont un en trois.

Des spécialistes vous parleront en détail de ce sol tiré en l'air par des monstres exquis — chaque fois je m'y laisse prendre et retrouve une honte de ma jeunesse : celle d'avoir plaisanté Maurras parce qu'il embrassait une colonne du Parthénon. Il n'y avait pas de quoi rire. Un feu rose alimente les veines du marbre. Ce marbre parle. Si les cigales se taisent, on l'entend. Hélas, c'est le « jamais plus » d'Edgar Poe que murmurent les jeunes filles monumentales.

Pour une âme incrédule en ce qui concerne les perspectives de l'espace et du temps, une ruine est un sacrifice à ce qu'on nomme l'avenir. Elle devient presque une ébauche, un espoir à l'envers. Or, l'envers et l'endroit perdant leur sens sous un ciel peuplé comme un plafond de Véronèse, on se met à espérer au lieu de désespérer dans la cage ouverte de la sauterelle Pallas.

Un charmant savant, le docteur Javorsky, me disait jadis : « La terre est jeune. Dans l'antiquité grecque elle était à l'âge où l'on interroge les parents ». Je songeais à cette parole sur la petite agora du Temple des Vents, où une découverte de la science permettait de capter les conciliabules des morts. Je songeais à cette promenade lente des élèves et des maîtres qui ne ressemblaient pas à des professeurs. Je songeais à ce peuple qui s'interrogeait sans cesse et se trouvait des réponses aptes à vaincre le malaise au lieu de l'alimenter. Je songeais à ce néant, bourré de figures remuantes et agissantes, à ces vertus et à ces vices sanctifiés de telle sorte qu'on n'envisageait pas le mal et qu'on craignait peu des Enfers que les vivants visitent, où ils bavardent avec des ombres, buvant, si elles le veulent, au fleuve d'oubli.

Je songeais au petit aurige en robe plissé-soleil, la taille haute, les pieds joints, qui de sa canne blanche d'aveugle, tâte notre sol instable et inspecte l'éternité de son œil dur et pur.

Table

Composition réalisée par Nord Compo

───────────────

Achevé d'imprimer en France par
CPI BUSSIÈRE (18200 Saint-Amand-Montrond)
en juin 2021
N° d'impression : 2058317
Dépôt légal 1ʳᵉ publication : février 1999
Édition 06 - juin 2021
LIBRAIRIE GÉNÉRALE FRANÇAISE
21, rue du Montparnasse – 75298 Paris Cedex 06